新雅
名著館

海蒂

原著　約翰娜·斯佩麗〔瑞士〕
撮寫　盧潔峰

新雅文化事業有限公司
www.sunya.com.hk

文學名著，具有永久的魅力。一代又一代的讀者，曾從中吸取智慧和勇氣。

　　面對未來競爭性很強的社會，少年兒童需要作好準備，從素質的培養、性格的塑造、心理承受力的加強、思維方式的形成、智力的開發，以及鍛煉堅強的意志，都是重要的課題。家庭教育的單調、學校教育的局限、社會教育的不足，使孩子們面對許多新問題感到困惑。而文學名著向小讀者展現豐富的世界，通過書中具體的形象、曲折的情節，學會觀察人、人與人的關係，和錯綜複雜的社會矛盾。可以說，文學名著是人生的教科書，它像顯微鏡一樣，照出人的內心世界和感覺。通過書中人物的命運，了解社會，體會人生，不知不覺地得到啟迪心靈的鑰匙。而名著中文學的美，語言的美，更是滋潤心田的清泉。

　　然而，對於年紀尚小的讀者來說，這些作品原著的篇幅有些長，這套縮寫本既保留了原著的精髓，又符合小讀者的能力和程度，是給孩子開啟文學大門的最佳選擇。

著名兒童文學作家｜
冰心獎評委會副主席｜　**葛翠琳**

　　一個國家有一個國家的傳統兒童文學，《**海蒂**》是瑞士的傳統兒童文學代表作。它已成世界兒童文學的寶藏。瑞士也深以它為榮。

　　讀《**海蒂**》的時候，我們要細緻地、深入地了解海蒂的性格。

　　第一、我們從她的出身去看她，她是一個孤兒，因為從小失去愛，她對人與人之間的愛是非常重視的。她隨時隨地而不自覺地要把愛奉獻給別人，讓別人得到快樂。

　　第二、我們從海蒂與別人的關係去看海蒂，她對別人充滿了愛和關懷，對她孤僻的祖父，對彼得失明的祖母，對長年患病的克拉拉，以及其他的人，甚至是小動物，她對他們都表示了很大的愛心，越是不幸的人她就越是關懷，她不重視物質的享用而是珍重着人們的溫情。

　　第三、從海蒂熱愛大自然的感情去看海蒂。海蒂在瑞士生長，它的自然風光非常迷人。在小說裏寫的，即使是放羊的山坡，那裏的一花一草，在海蒂的眼裏都非常可愛。因此，她的感情也非常樸素和純潔。我們欣賞這故事的同時，也要學習主人翁的美德。

目錄

一、到爺爺家去

六月的一個早晨，瑞士阿爾卑斯山的陽光一片燦爛。在一條小山路上，一個年青的女人拖着一個五歲的女孩子走着路。

這個臉蛋紅彤彤的，眼睛明亮的女孩子就是海蒂。這女人是她的姨母迪提。

這可憐的海蒂，在一歲時便遭遇了大難。做木匠的爸爸在蓋屋時給一根大樑壓死了。媽媽在傷心之餘，也病死了。外祖母對小海蒂又愛又憐，把她抱回家，和迪提阿姨共同照顧她。

可是到了海蒂四歲的時候，外祖母也病死了，海蒂又寄養到別人的家。一年之後，迪提阿姨要跟她的僱主到德國法蘭克福去，因此只好把海蒂帶給她唯一的親人——她的爺爺那裏。爺爺是一個孤僻的老頭，獨自一個人住在艾爾姆山的一個懸崖上，人們叫他做艾爾姆大叔。

迪提把海蒂帶到村子裏的時候，村子的人都非常

驚訝，他們告訴迪提：「你發瘋了嗎？讓這麼可愛的
女孩子跟這老爺爺過活！」

迪提說：「既然是他的孫女，為什麼就不能在一
起呢？」

人們說：「這老人性情孤獨，跟誰也合不來，跟
誰也沒來往，就是一個人住在高高的山上，他的心真
不知是什麼東西做成的，就瞧他那兒神惡煞的樣子，
誰看了都害怕呢！」

迪提說：「反正這是他的孫女，他有責任照
顧她。這幾年來，我這做姨母的都盡了自己的本分
了。」

一個名叫彼得的牧羊孩子看到有生面人到來，就
走了過去。他只有十一歲，但已是一個牧羊能手，專
門給山上山下的人放羊吃草，艾爾姆大叔的羊也是交
給他放的。他高高興興地把迪提阿姨和海蒂帶到那巍
峨的灰色山嶺上。

那兒有一塊青青的草地。一個老人叼着煙，靜靜
地坐在茅屋面前。

彼得説：「他就是艾爾姆大叔了。」

海蒂快樂地跑上去，伸出雙手説：「爺爺好！」

「嘿嘿，這是什麼意思？」老人粗聲粗氣地問道，然後勉強地摸了一下孩子的手。

「大叔，早上好！」迪提説着向老人走過去，「我把你的孫女兒帶來了。你大概不認得她了，因為這孩子滿周歲後，你就沒見過她了。」

「這孩子跟我在這兒幹什麼？」老人生硬地問道，「彼得，還不放羊去？時候不早了，把我那兩隻羊也帶上！」

彼得乖乖地趕着羊羣走了。

「她得留在你身邊了，大叔，」迪提説，「這四年來，我對她已盡到了責任，現在該輪到你來照料她了。」

「我怎麼照料她？」老人不退讓地説。

「這是你的事，」迪提反駁道，「這孩子交到我手上時只有一歲，那時，誰也沒有告訴我，該怎麼照料她呢。」

「走吧，」老人喊道，「走了就別再回來了！」

「好吧，再見，大叔；還有你，海蒂，再見！」
迪提有點激動地說。

接着便扭頭下山去了。

海蒂好奇地圍着茅屋轉。一會兒在屋後靜聽風颳
過杉樹梢的呼呼聲，一會兒又探頭到羊圈裏去張望。
四處轉過一遍後，便走回她爺爺身邊來。她背着手，
盯着爺爺不吭聲。

「你要幹什麼？」爺爺抬起頭瞧了瞧說。

「我想看看你的小屋裏有什麼。」海蒂說。

「那好，過來吧！」爺爺站了起來，向茅屋裏走
去。

「帶上你那捆衣服。」爺爺說。

海蒂聽話地抱起衣服，跟爺爺走進了茅屋。
屋裏只有一張桌子，一把椅子，一個壁爐，一個大
水壺和一張牀。爺爺打開了牆上的一扇門，原來那
是個碗櫥。裏面掛着一些爺爺的衣服，放着一些
麻布；另一邊擺着兩隻杯子，一隻碗，還有一塊麵

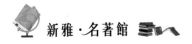

包，一塊**熏肉**^①和幾塊芝士。

海蒂敏捷地將自己的衣服塞進了櫥裏，然後問道：

「我在哪兒睡覺呀，爺爺？」

「你喜歡在哪兒就在哪兒。」老人回答道。

海蒂滿心歡喜地沿着爺爺牀邊的那把小木梯，爬上了那個存放乾草的小木**閣**^②。木閣上鋪着一堆新鮮的乾草，香味撲鼻，那裏還有一個圓圓的小窗，透過這個圓窗戶，可以俯覽遠遠的山谷。

「我找到睡覺的地方了！」海蒂向下喊道，「爺爺，快來看看這上邊有多好呀！」

「我全知道。」老人説。

「我要鋪一張牀，」海蒂邊説邊把乾草鋪開，「爺爺，能給我一張牀單嗎？」

「好，好。」爺爺邊説邊從碗櫥裏抽出一塊又長又粗的麻布。他拿着麻布上了梯子，發現木閣上已經鋪出一張小牀來了，牀其中一頭的乾草還鋪得高些，

---

① **熏肉**：經過煙烤的肉類。

② **閣**：指閣樓，是斜屋頂之下的一層，通常用來存放東西。

當作枕頭。

「牀鋪得真好。」爺爺説，「來，我給你再鋪厚點。」説着，他就去加草。

「好啦，鋪牀單吧。」爺爺説。

爺孫倆把那塊粗麻布蓋在草鋪上。

「多好的牀呀！」海蒂讚美道。

「有被單嗎，爺爺？」

「等一會兒，」爺爺説着走下了梯子，從自己牀上拉出一個又大又重的麻布袋來，放到了海蒂的牀上。

「蓋這個總比蓋乾草好，」爺爺對海蒂説，「來，下來吃點東西。」

海蒂猛地覺得肚子真餓。其實，除了清晨吃過一塊麵包和一杯淡咖啡外，這一天裏海蒂什麼也沒吃，甚至連一杯水都沒有喝過。

老人在壁爐裏點火燒開水，還用長鐵叉叉上一塊芝士在火上烤，把芝士的四面都烤成金黃色的。海蒂在一旁直咽口水，忽然，像是想到了什麼似的，向碗櫥跑去。她拿出了裏面僅有的兩隻杯子和一隻小碗，

把它們端端正正地放在桌子上。

「你還會自己照料自己呀！」爺爺滿意地説。

老人坐到了屋裏僅有的一把椅子上；海蒂從壁爐旁搬來了一張三條腿的小木凳。

「吃完飯，我給你做張高凳。」

老人邊説邊站起身來，在小碗裏倒入奶，放在椅子上，然後把椅子挪近三條腿的凳子邊。又把一大塊麵包和一塊金黃色的芝士放在椅子上，説：「吃吧！」

接着，老人便坐到桌子的一角吃起來了。

海蒂捧着碗，咕嘟咕嘟地喝着，她太渴了。

「這羊奶真好喝，我從來沒嘗過。」海蒂説。

「那你就多喝一些。」老人又倒了滿滿一碗放在海蒂的「桌子」上。海蒂美美地吃了一頓。

吃完飯，爺爺到屋外找了幾根圓棍截整齊，再用木塊拼成板，在板上鑽三個洞，把圓棍插進去。不一會兒，一張給海蒂坐的高凳就做成了。

「我有高凳啦，我有高凳啦！」海蒂高興得跳了

起來。

　　太陽下山了，大風呼呼地在茂密的杉樹梢上颳過，像是在唱歌，海蒂靜靜地聽着，彷彿進入了一個美妙的樂園。

　　一聲尖銳的哨音，使海蒂猛地回過頭——羊羣正從山上走下來，彼得夾在了羊羣中。海蒂歡呼着衝向羊羣，像迎接老朋友到來似的。

　　一隻白色的和一隻褐色的羊向爺爺走來，舐他手裏的鹽。彼得帶着其他的羊下山去了。

　　海蒂輕輕地摸着爺爺身旁的兩隻山羊：

　　「爺爺，這兩隻羊都是我們的嗎？」

　　「牠們要進圈^①嗎？」

　　「牠們常常和我們在一起嗎？」

　　爺爺點着頭説：「把你的小碗拿來。」

　　爺爺擠了滿滿一碗羊奶遞給海蒂：「喝吧，喝完就自己上牀睡覺。」

　　不久，天黑盡了，爺爺把兩隻山羊趕進了圈，自己也上牀睡覺了。

　　半夜裏，爺爺爬上梯子，看看海蒂有沒有踢被子。透過圓形窗戶的一圈亮光，爺爺看見海蒂正安祥

---

①圈：養家畜的圍欄。

地枕在自己的小胳膊上，嘴角不時露出微笑──「她一定在做着好夢了。」爺爺喃喃道，又回到了自己的牀上睡覺去了。

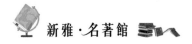

⌒ 二、在牧場 ⌒

清晨，海蒂被一聲響亮的哨音喚醒。她睜開眼睛，只見一束金閃閃的陽光從圓窗口射到了她的牀上，她用手揉了揉雙眼。

屋外響起了爺爺漱口的聲音。海蒂迅速跳下牀，穿好衣服，跑到爺爺跟前：

「爺爺早！山羊羊早！」

「牠們有名字嗎？」

「白色的叫小天鵝，褐色的叫小熊，」爺爺説，「你喜歡去牧場嗎？」

「喜歡！」海蒂高興得跳起來説。

「不過，你要先洗乾淨臉，要不然太陽也會笑你的。」爺爺指著門前的那一大盆水説。

海蒂洗完臉，看見彼得正趕著羊羣上山來了。

「來，彼得。」爺爺招呼著把一大塊麵包和芝士

塞進了彼得的那個乾糧袋裏。接著又把海蒂喝羊奶的那隻小碗放了進去。

「中午，你給她擠兩碗羊奶喝。記住，放羊時看着她，別讓她摔到山下去。」爺爺吩咐着説。

「爺爺，太陽還會笑我嗎？」海蒂跑過來問道。

「不了，但今晚回來時，可得像魚兒一樣渾身洗個透呀。跟羊兒在山上跑一天，不髒呼呼才怪。走吧！」爺爺高聲説。

海蒂跟着彼得和羊羣向山上的牧場走去。

晨風吹散了最後的雲朵，太陽掛在湛藍的天上，照耀着綠色的山嶺。滿山的藍花、黃花競相怒放。海蒂歡快地叫着、跳着，不時蹲下來，把那些閃着紅光和藍光的鮮花，摘下來放在圍裙裏，準備帶回小木閣去，把自己的卧室也打扮得跟山上一樣美麗。

彼得不時地停下腳步來等海蒂。

「海蒂，你上哪兒去了？」他幾乎生氣地喊道。

「我在這兒！」從一個看不見的地方傳來了海蒂

的聲音。彼得還是看不見她。因為海蒂正坐在小山後面的土墩上。這兒覆蓋着茂密的野花，四周瀰漫着濃郁的芳香。海蒂從來沒有像現在這樣心情舒暢過，她坐在花叢中，盡情地呼吸着野花的清香。

「過來！」彼得再一次喊道，「你小心摔下山崖去！」

「山崖在哪兒？」海蒂歪着腦袋問道。

「在上邊，我們還有很長的路要走呢，你坐在這裏，小心被老鷹叼走！」

彼得的話真靈，海蒂揪
起圍裙，飛也似的跑向了彼得。

「這山上的花都快被你摘光
啦！」彼得指着海蒂那滿圍裙兜的花説。

一到牧場，羊羣就埋下頭來靜靜地吃
草；彼得小心地把乾糧袋放在地上的一個小坑裏，
以防被那忽如其來的狂風颳走；海蒂解下了圍裙，把
花兒包了起來，也學着彼得的樣子，把盛滿花的包袱
放進了那個避風的小坑裏。

彼得在草地上躺着，不知不覺睡着了。海蒂在他身旁坐着，向四周眺望。

忽然，海蒂聽到頭頂上有一種刺耳的叫聲，她抬頭向空中望去，發現一隻老鷹正展開翅膀在盤旋。

「彼得、彼得，快醒醒！」海蒂高聲叫道，「老鷹、老鷹！」

彼得被驚醒後跳了起來。他緊緊地盯着那隻鷹，直到牠消失在灰色的山崖那邊。

「老鷹上哪兒去了？」海蒂問道。

「回牠的窩裏去了。」彼得答道。

「我能到牠的窩裏去看看嗎？」海蒂又問。

「千萬去不得。那山崖上連羊都不敢去；你上去了，會掉下來摔死的。」彼得認真地說，「來，我們吃飯吧。」

彼得拿出乾糧袋，在一塊很乾淨的四方形地上擺開了麵包和芝士。大的兩塊放在海蒂那邊，小的兩塊放在自己這邊。接着，又拿出小碗，從小天鵝身上擠出一碗清甜的羊奶，放在這塊四方形地的中間。

　　海蒂只吃了爺爺讓彼得帶來的那塊麵包，而那塊大芝士卻要讓給彼得吃。

　　「你吃吧，我吃飽了。」海蒂邊說邊把芝士遞給彼得。

　　彼得怔了一下，他不相信海蒂是真的把芝士送給他。海蒂執拗着把那塊大芝士和另一塊麵包，放在了彼得的膝蓋上。這時，彼得也看出海蒂不是在開玩笑，便大大方方地接過芝士和麵包，吃下了他牧羊生涯中最豐盛的一頓午餐。

　　「彼得，這些羊都叫什麼名字？」海蒂問。

　　彼得一個一個地叫出了那羣山羊的名字，還向海蒂作了一些解釋。海蒂留心地聽着、記着，辨認着那些羊爺爺和羊奶奶。當知道一隻名叫小白的小山羊的爸爸媽媽被賣掉以後，海蒂就把小白搶到了自己身邊。這隻小白挨在海蒂身旁咩咩地叫着，那聲音像是在哀求，讓人一聽就知道牠很悲傷。

　　「別再這樣哭了，小白。」海蒂摸着小白說，「我會每天和你在一起的，你不會孤單的。」

小白滿意地用頭擦着海蒂的肩膀，不再咩咩叫了。

羊羣裏最漂亮、最乾淨的算是小天鵝和小熊了，牠倆的行為也最規矩，不跟別的羊打架。

「彼得，你説是不是小天鵝和小熊最漂亮？」海蒂問道。

「當然。」彼得回答説，「艾爾姆大叔每天都給牠們餵鹽，給牠們洗刷，還給牠們睡最好的羊圈。」

突然，一隻叫金雀的山羊向着陡坡那邊走去。彼得跳起身來衝了過去，在金雀滑下陡坡的那一瞬，彼得終於抓住了山羊的一條腿。

彼得揚起手中的鞭子正要打金雀，被海蒂喝住了：

「不要打山羊，會打傷牠的！」

「牠該挨打！」彼得怒吼着。

「你不能打牠！」海蒂嚴厲地瞪着彼得説。

彼得遲疑地放下了鞭子，説：「如果明天你再給我一些芝士，我就放走牠。」

「你會有的，明天給，後天給，天天給，還有我的一半麵包，都給你。只要你答應，從今以後不再打山羊，行嗎？」海蒂求彼得説。

「好吧，我答應你。」彼得説。

就這樣，不知不覺的，太陽快要落山了。

「着火了！着火了！」海蒂突然驚叫起來，「山着火了！草着火了！岩石着火了！杉樹也着火了！連天空都燒起來了！彼得！」

「沒着火，那不是火，」彼得老成地説，「太陽下山時，山上都是這個樣子，只是你頭一回看到就是了。」

「哎呀，『火』都變成玫瑰紅了！太美了！」海蒂興奮地説。

「明天還會有這種景象。」彼得解釋説，「走吧，我們該回家了。」

海蒂不作聲了，跟着彼得向山下走去。

爺爺正坐在杉樹下等他們。

海蒂徑直跑到爺爺跟前，小天鵝和小熊也跟着走

來了，因為牠們認得自己的主人和羊圈。

「明天再來，晚安！」彼得朝海蒂喊道。

「再見！」海蒂答應着跑到小白身邊，摟着小白的脖子説：「晚上好好地睡覺，明天我還要和你在一起的，你不要傷心地咩咩叫了。」

小白像是明白了海蒂的話，學着其他的羊，歡暢地跳了起來，跟着彼得下山去。

海蒂回到了杉樹下。

「爺爺，山那邊真漂亮，山崖上有紅火，有玫瑰花，有藍花，還有黃花，看，我給你帶什麼來了！」

海蒂邊説邊打開了那個圍裙包包。只可惜裏面的花全乾了。

「爺爺，」海蒂吃驚地説，「這些花原先不是這樣的。」

「花喜歡在陽光下顯示自己的風姿，而不願意捂在你的圍裙裏。」爺爺説，「好了，你得跳到水裏洗洗了，我去擠奶，一會兒，我們一起進屋去吃晚飯。」

　　海蒂洗完澡，換上乾淨的衣服，坐在爺爺旁邊那張高凳上，給爺爺講述着這天她遇見的事；爺爺也不時地回答着海蒂提出的關於山的各種各樣的問題，告訴她各座山崖的名字。爺爺還告訴海蒂，山上的「火」，是太陽放射出來的，當太陽向羣山道晚安時，就送給羣山以最燦爛的光華。

　　海蒂聽得入了迷。

三、在彼得奶奶家

每天，海蒂跟着彼得上牧場去。野外的生活，使她的身體比剛來時結實強壯多了。

夏天過去，秋天來了，風在羣山中颳得更加響了。

「海蒂，今天你就留在家裏。」爺爺説，「這風會把你這樣的小東西吹下山崖的。」

彼得聽到這話，顯得很不高興。海蒂不和他在一起，他會多麼的無聊啊，況且，他將失去那豐盛的午餐。

海蒂也希望能和彼得、山羊一塊兒到山上去。只是她沒有提出來，她不想惹爺爺生氣。

自從海蒂不得不留在家裏以來，她特別喜歡看她爺爺做各種工作。這段時間，她爺爺開始製作芝士，海蒂愉快地在一旁看着爺爺挽起手袖，攪拌着芝士。

　　一天晚上，突然下了一場大雪。早晨，太陽一出來，整個艾爾姆山變得白茫茫的一片，連一塊綠葉也看不見。自此以後，彼得不再帶羊來了。

　　又下雪了，海蒂驚奇地從小窗戶向外望去，雪花大片大片地下着，下得又快又密，直到雪堆到窗戶上，越積越高，以致窗戶都打不開了。海蒂快活地從一個窗戶跑到另一個窗戶，她要看清楚，雪是怎樣越積越厚的；她想，雪會不會把茅屋全蓋住呢？

　　第二天，暴風雪過去了，爺爺拿着**鐵鍬**①走出門清理積雪，在茅屋四周堆起了一個一個的大雪堆。

　　「好了，門窗都可以開了！」爺爺高聲說。

　　下午，正當海蒂和爺爺坐下來休息時，突然傳來了敲門聲，原來是彼得來了。

　　「你們好！」彼得一進來就說。接着就坐到了壁爐旁。不一會兒，他渾身上下的雪都融化了，他就像剛從水裏爬出來似的。

---

①**鐵鍬**：挖掘泥土用的器具。

「喂，羊將軍，」爺爺説，「現在你不帶兵了，一定在咬你的石筆了吧？」

「彼得為什麼要咬石筆？」海蒂立即好奇地問。

「在冬天，他得上學去，」爺爺解釋説。「坐下來讀書寫字不習慣吧？你咬咬石筆，總會有好處的，是這樣嗎，羊將軍？」

「是的，是這樣。」彼得説。

看得出，彼得今天很高興，因為他又見到海蒂了，他倆在一起，總有説不完的話。爺爺在一旁靜靜地聽着，不時發出會心的微笑。

「好啦，羊將軍，留下來和我們一起吃晚飯吧！」

爺爺邊説邊到碗櫥那裏去拿飯菜。海蒂去搬凳子。自從海蒂來後，爺爺再也不孤獨了，茅屋裏的凳子也多起來了。

三個人坐下後，爺爺就給大家分麵包分肉了。爺爺把一大塊美味的**醃肉**①夾在一塊大麵包上，遞給了

―――――――――――――――――――――――

①**醃肉**：用鹽醃製的肉類。

彼得。彼得把眼睛瞪得圓圓的，因為他許久沒吃過這麼好的東西了。

愉快的晚餐吃完了，天也漸漸黑下來了，彼得起身說：「晚安，上帝保佑你們。」跨出門檻時又回頭說：「下星期日我還要來。海蒂，你什麼時候到我奶奶家玩？我奶奶很想見見你。」

去看彼得奶奶，到彼得奶奶家去玩這個新主意立即在海蒂心裏扎了根。第二天早晨，海蒂說的第一句話就是：

「爺爺，現在我真得下山去奶奶家了，她正盼我去呢！」

「雪太大了。」爺爺說。

在以後的幾天裏，海蒂每天都纏着爺爺說好幾遍「上奶奶家去」的話。

第四天下午，爺爺終於被說動了，他爬上小木閣，把給海蒂當被子蓋的那個厚袋子拿下來，說道：

「來吧，跟我走！」

海蒂高興極了，跟在爺爺身後一蹦一跳的，走

進了那個銀光閃閃的世界。四周的積雪全凍得硬邦邦的，寒風冷得刺骨，每走一步，腳下就嘎吱嘎吱地響。冬日的太陽很美麗。陽光下，所有的樹木都亮晶晶的，像是鍍上了金子、銀子。

爺爺拉來一個大雪橇。他用那個大袋子把海蒂包了起來，然後抱着這個「布包」坐上了雪橇。海蒂坐在爺爺膝上覺得又暖和又舒服。只見爺爺一手摟着她，一手抓住把手，兩腳一蹬，雪橇便飛也似的向山下衝去，不一會兒，就停在了彼得的茅屋前。

爺爺把海蒂放在地上，解開裹着她的袋子，說：「進去吧，天黑前沿着這條路回家。」

說着，他拉着雪橇上山去了。

「奶奶，你好，我看你來了！」海蒂邊進屋邊說。

屋裏，彼得的媽媽布里正在給彼得補衣服；在一個小角落裏，一位駝背的老奶奶正在紡紗。

知識泉

紡紗：將短的纖維，例如絲、棉、麻、毛聚集起來，加以適當工序而製成線。遠古時代，人們只用手搓線，後來用紡車等工具，現代已用紡織機紡紗了。

「你就是和艾爾姆大叔住在一起的小女孩海蒂吧？」老奶奶摸索着向海蒂伸出了手。

「是呀！」海蒂答道，「是我爺爺用雪橇把我送下來的。」

「有這樣的事？」老奶奶不相信地説。

「沒錯，是我爺爺用雪橇把我送來的。」海蒂很認真地説。

「布里，」老奶奶對那個婦女説，「這孩子長得怎麼樣？」

「她長得像她媽媽那樣漂亮。」布里説，「頭髮和眼睛像她爸爸，還有點像艾爾姆大叔。」

這時候，海蒂也仔細地觀察着這所房子。她覺得這茅屋到處都在搖晃，到處都在**嘎嘎**[①]作響，到處都漏風。

「奶奶，那塊窗板快掉下來了。」海蒂説，「我讓爺爺來給你們修一修，好嗎？」

[①] **嘎嘎**：象聲詞，通常用於形容物體相互磨擦或搖動發出的聲音、笑聲、鳥叫聲等。

「好孩子，」奶奶説，「我的眼睛看不見，但我的耳朵還聽得清。在夜裏，我常擔心房子會塌下來，把我們三人全砸死。」

聽着聽着，海蒂情不自禁地哭起來了，哭得很傷心，老人怎麼安慰她也不行。最後，老人説：「來，好寶貝，給我講一些你爺爺的事。」

這真是個好話題，海蒂很快擦乾了眼淚，開始給奶奶講述她和爺爺在山上的生活。

正説着，彼得下課回家了，見到海蒂，他溫厚地咧開嘴巴笑了。

「點上燈吧，天快黑了，」彼得的媽媽説。

「我也該回家了，晚安，奶奶。」海蒂説着就出門去了。

「等一等，彼得，你和海蒂一起走，不能讓她停下腳步，不然會凍壞的。」老奶奶着急地説。

這時，艾爾姆大叔來到了。

海蒂迎上去拉着爺爺的手。

接着，爺爺就用那個大袋子，把海蒂包起來抱着

上山去了。

　　一到家，海蒂就掀開布袋對爺爺説：「明天，我們應該到奶奶家，幫他們修理房子，奶奶的房子什麼都鬆了，爺爺，你去替他們釘些釘子吧！那個老奶奶眼睛是瞎的，有人幫助她，她心裏會好受的。明天我們就去，好嗎，爺爺？」

　　老人家凝視着海蒂，好一會兒才説：「對，海蒂，我們要把老奶奶的房子修得結結實實的，不讓它再發出響聲來。明天，我們就去修理。」

　　第二天下午，爺孫倆又乘雪橇到彼得奶奶家去了。爺爺放下海蒂就去修房子。海蒂跑進屋去，拉着奶奶的手説話。忽然，房子上傳來了沉重的錘擊聲。奶奶嚇得差一點弄翻了紡車。

　　「別害怕，奶奶，是我爺爺在修房子。」

　　「啊，真的嗎？上帝沒有忘記我們！」奶奶大聲説。

　　彼得的媽媽走了出去，艾爾姆大叔正在牆上釘新釘子。

「你好，大叔，」彼得媽媽向海蒂爺爺鞠躬道，「太感謝你為我們做這樣的好事了，沒有別人會這樣幫助我們的，我們全家都感謝你。」

「行了。」老人打斷了她的話，「我知道你們怎樣看艾爾姆大叔的。你進屋去吧，我會做我要做的事的。」

爺爺一直釘到天快黑了，才從屋頂上爬下來。隨後，從羊圈後面拉出雪橇，像昨天一樣，抱着海蒂，拉着雪橇上山去了。

海蒂的到來，使瞎眼奶奶沉悶的生活增添了一種快樂。每天，她總是留神傾聽，等待着海蒂那輕快的腳步聲。海蒂也很喜歡老奶奶，她總想把自己知道的東西，全告訴奶奶，讓奶奶開心。

以後每當天氣好的時候，她就坐着雪橇下山來。爺爺也總帶上錘子、釘子和鋸子。他終於把彼得的小屋修理得結結實實，不再發出吱吱嘎嘎的響聲了。奶奶說，她現在睡得踏實了，她將永遠不會忘記艾爾姆大叔的。

⌒ 四、不肯下山 ⌒

　　冬去春來，轉眼，海蒂已經八歲了。她從爺爺那裏學會了各種手藝。她帶着山羊到處走，小天鵝和小熊像忠實的狗兒一樣跟着她，只要聽到海蒂的聲音，就高興得咩咩大叫。

　　這年冬天，彼得已經兩次帶來多弗里村老師的口信，告訴艾爾姆大叔，讓海蒂到山下來上學，孩子已經過了上學的年齡。艾爾姆大叔兩次都回話説：老師要拿他家裏的任何一件東西都行，就是不能要他的孩子上學。彼得把這個口信如實地轉告老師了。

　　陽春三月，太陽融化了山坡上的殘雪，艾爾姆山上的杉樹也抖掉了枝頭的殘雪，舒展着自己的身姿。海蒂整天蹦蹦跳跳的在茅屋、羊圈和杉樹林間來回奔跑，不停地向爺爺報告：杉樹林中又長出一塊綠色的草地了！海蒂急切地盼望着山野再次披上綠裝。

一天早晨，當海蒂從杉樹林轉回茅屋時，看見門外有一個全身黑衣的老人。這位老人是多弗里村的牧師，許多年前他就認識艾爾姆大叔了，還是大叔的老鄰居呢。牧師走進茅屋，來到正在彎腰刻木頭的爺爺面前，說道：「早安，鄰居！」

爺爺驚異地抬頭一看，馬上站起來，回答道：「早安，牧師。請坐吧。」

牧師坐下了，要跟老人商量，讓海蒂下山去讀書的事。

「海蒂，到外面看羊去。」爺爺說，「你可以帶一點鹽去餵羊，等一會兒我去找你。」

海蒂懂事地離開了茅屋。

「這孩子一年前就應該送去上學，今年冬天她務必要上學去。」牧師說。

「我不打算送她上學。」老人回答說。「她正和山羊、鳥兒一起茁壯成長，她不會跟牠們學壞的。」

「但她既不是羊，也不是鳥，她是人，她要學會讀書識字啊！」牧師鄭重其事地說。

「我不讓她去！」老人說，「牧師，想想吧，在嚴冬裏，我能冒着暴風雪，天天送一個嬌嫩的小女孩下山去嗎？路程這麼遠，傍晚下課後再走兩個小時的夜路，才能回到家。我們大人都有可能在風雪中喪命，更何況一個小女孩？她母親已經早死了，我不願讓孩子再遭什麼不幸！誰來強逼我，我就和誰上法庭！」

「你說得很對，鄰居。」牧師友好地說，「從這裏送海蒂去上學是不可能的。你能不能搬下山來住呢？像以前和我做鄰居那樣。」

「不，我不能搬下山去住，多弗里的人瞧不起我，我也瞧不起他們，還是離那兒遠點好。」

「不，搬下來住，對你和孩子都有好處。」牧師誠懇地說，「我期待着你，鄰居。」

艾爾姆大叔堅定地說：「謝謝你的好意，但我不會送孩子去，我自己也不會下山去的。」

牧師走了，老人一聲不吭地埋頭抽煙。下午，海蒂問：「爺爺，我們去奶奶家嗎？」

「不去。」老人只說了兩個字。

第二天午飯後，桌子還沒擦，就有人敲門了。海蒂開門一看，原來是迪提姨母。

迪提穿着一身漂亮的衣服，頭上還戴着一頂插有羽毛的很漂亮的帽子，與這所茅屋很不相稱。

爺爺打量了她一下，不吭一聲。迪提卻擺出一副友好的樣子，誇說他把海蒂照顧得這麼好，還說海蒂長大了，都快認不出來了。

她說，現在給海蒂找了個好去處，讓海蒂到法蘭克福的一個富裕人家去，陪一個**瘸子**①女孩讀書，還說現在就要把海蒂帶走。

---

①**瘸子**：腿部有病不能行走的人。

「什麼，你説什麼？」爺爺終於開口了，「你的這些話，我不愛聽！」

「大叔，你不愛聽我也要講！」迪提説，「孩子已經八歲了，你既不送她去上學，也不帶她上教堂，這是山下多弗里村的人告訴我的。現在孩子交上好運氣了，你又出來攔阻，真是不講道理！」

「住嘴！」大叔怒吼道，「帶着她給我滾開！永遠不要再見到我，我也永不願看見她戴着插羽毛的帽子，我不想聽她講像你今天這樣的話。」

大叔頭也不回地大步走出了茅屋。

「你惹我爺爺生氣了！」海蒂盯着姨母説。

「過一會兒就好了。」姨母催促着，「過來，你的衣服放在哪兒？」

「我不走！我不離開爺爺，我不離開這茅屋！」

「傻孩子，法蘭克福有多好，你都不知道。快，拿上你的小帽子。」

迪提邊説邊走向碗櫥，把海蒂的衣服拿了出來。

「走，走吧！」迪提硬把海蒂拉了出去。

「不，我不走！」海蒂堅決地說。

「到法蘭克福，如果不好玩，還可以再回來，快，別像山羊那麼固執，快走！」迪提邊哄邊拉着海蒂往山下走去。

「晚上能回來嗎？」海蒂問道。

「能，坐火車很快就能回家的了。」迪提邊說邊扯着海蒂向山下走去。

路過彼得奶奶的茅屋時，海蒂想停下來，「我要進屋去看看奶奶，她正盼着我呢！」

「不行，我們要趕路，快走！」姨母命令道。

彼得這天沒上學，聽到屋外有說話聲，就跑出來了，「海蒂，你到哪去？」

「我跟姨母去法蘭克福。」

「什麼？你說什麼？」彼得大聲問道。

「不要說話，快走！」姨母扯着海蒂走得更快了。

奶奶**哆嗦**^①着站在門口喊道：「迪提，迪提，別

---

①**哆嗦**：身體不由自主地振動。

帶走海蒂！別！」

「我們快走，到法蘭克福，給爺爺奶奶他們買好東西吃。」迪提哄道。

海蒂不再反對了。「買許多鬆軟的麵包卷，還有……」海蒂無限憧憬地説。

路過多弗里村時，家家戶戶都從門口或窗口那兒探出頭來問道：

「迪提，孩子是不是從艾爾姆大叔那兒逃出來的？」

「奇怪，這孩子怎麼還活着？」

「臉色還很紅潤呢！」

迪提只是不住地招呼着，並沒有回答人們的問話。她拉着海蒂只顧不停地往前走。

自從海蒂走後，艾爾姆大叔的情緒又變壞了，每次下山經過多弗里村時，都不跟任何人説話。他背着盛有芝士的籃子，手裏**拄**①着根大棍子，皺着眉頭，

---

①**拄**：用手扶著杖或棍去支持身體的平衡。

看上去十分可怕。婦女們都對小孩子說：「當心！快給艾爾姆大叔讓路，要不他會打你的。」

老人家只是經過多弗里到遠處山谷去賣芝士，再買些麵包和肉回來，他不跟任何人交往。每當他經過多弗里時，身後總有一羣人在議論他，說他的壞話，大家都認為，海蒂「逃開」是幸運的。只有瞎眼的彼得奶奶站在艾爾姆大叔一邊，她告訴每一個上她家來取**棉紗**①的人，艾爾姆大叔對海蒂有多麼的好，大叔如何替他們修房子。然而，沒人信老奶奶的話，認為奶奶是老糊塗了。

---

①**棉紗**：用棉花紡成的細線，主要用來織布。

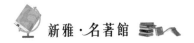
五、可怕的羅梅

迪提阿姨把海蒂帶到法蘭克福，進入一間很華麗的住宅，那裏是塞萬先生的家。

塞萬先生的妻子已經去世，留下了女兒克拉拉。她得了病，成了一個跛腳的人，身體又不好，整天坐在輪椅裏。她太寂寞了，便多次向爸爸提出，想找個小女伴來陪她讀書。

　　塞萬先生經常不在家，家裏的事都由女管家羅梅女士來管。她便叫迪提把海蒂帶來。

　　海蒂到來的時候，羅梅十分嚴肅地接見她，冷冷地考問着她。

　　「你叫什麼名字？」羅梅瞪着海蒂看了幾分鐘後問。

　　「我叫海蒂。」

　　「什麼？這肯定不是教名，你可能沒有接受洗禮。你洗禮時起什麼名字？」羅梅進一步問。

　　「我不知道。」海蒂答。

　　「這是什麼話！」羅梅搖着頭喊起來，「迪提，這孩子是傻了還是不懂禮貌？」

　　「請別生氣。」迪提急忙說，「她不是不懂禮貌，更不是傻子，她只是沒經驗。她是個很好學的孩子。她的教名是艾德爾海德，和她的母親，我已故的姐姐的名字一樣。」

　　「嗯，這個名字還可以，」羅梅說，「不過這孩

子長得像是小了點，哪有十歲？我的克拉拉已經十二歲了。」

「爺爺説我今年八歲。」海蒂解釋説。迪提用手肘輕輕地推了她一下。可是海蒂一點兒也不知道為什麼不能插嘴。

「什麼？才八歲！」羅梅惱怒地説，「比克拉拉小四歲怎麼行？你上學讀過什麼書？」

「沒有。」海蒂説。

「什麼？什麼？那麼你怎樣認字？」羅梅又問。

「我從沒學過字。」海蒂説。

「我的天啊，你沒讀過書，不識字！」羅梅衝着迪提叫道：「這可不符合協議，你怎麼會把這個小傢伙帶給我？」

迪提心平氣和地説：「這孩子確是您想要的那種孩子，是那種與眾不同的孩子。好了，我該走了，我的女主人在等着我。如果她允許，我會很快來看看這孩子生活得怎樣的。」

迪提行了個屈膝禮，走出房門，飛快地離開了這

所大房子。

克拉拉坐在輪椅上，看見了這一切。

「上這兒來！」她高興地向海蒂招呼道。

海蒂走到輪椅前。

「你喜歡別人叫你海蒂，還是叫你艾德爾海德？」克拉拉問。

「我的名字叫海蒂，不叫別的。」海蒂說。

「那麼，我永遠這樣叫你。」克拉拉說，「我喜歡這個名字，以前，我從沒聽過這名字。」

「你想來法蘭克福嗎？」克拉拉又問。

「不，明天我要回家給奶奶送一些麵包卷，我要回到爺爺身邊。」海蒂說。

「別走了，海蒂。」克拉拉說，「留在這兒和我一起學習，一起朗讀吧。達特先生每天上午十時來給我們上課，上兩個小時。」

海蒂沒答話，只是不停地搖頭。

羅梅進來了，在克拉拉身邊轉了轉，又出去了。她來到餐廳，板起臉孔來指揮僕人們：「提爾，去給

那個新來的小女孩安置個房間。巴斯，去叫她們來吃飯。」

巴斯「砰」的一聲打開了書房的門，推着克拉拉的輪椅向餐廳走去。

羅梅要海蒂坐在克拉拉對面，然後自己坐在克拉拉身旁。三個人一張飯桌，顯得很空。

海蒂面前放着一個很好看的麵包卷，還有炸魚。她指着麵包卷問站在一旁的巴斯：「我可以吃這個嗎？」

巴斯點點頭。海蒂迅速地抓起麵包，裝進了衣袋裏。

「我可以吃那個嗎？」海蒂又問。

巴斯又點點頭。

「艾德爾海德，我必須明確地告訴你，在飯桌上應該怎麼做。」羅梅嚴肅地説。

從刀怎麼拿，盤怎麼放，魚怎麼吃，到眼睛看哪裏，羅梅都列出了一大堆的「規矩」，説得小海蒂無所適從。

從吃飯而說到睡覺、起牀、走路，羅梅又給海蒂列出了一大堆的「規矩」。聽着聽着，海蒂竟閉上了眼睛睡着了。從早晨五時起直到現在，海蒂都沒休息過，她實在是太累了。

「不像話！我從沒見過這樣的孩子。」羅梅氣憤地說，「我講的各種規矩，你都聽見了嗎？」

羅梅想吼醒海蒂，但海蒂卻越睡越熟。

一覺醒來後，海蒂真不知道自己身在何方——自己坐在大房間的一張潔白的高牀上；窗前是一塊又大又長的白色窗簾；牀邊有兩把雕花的椅子，還有一張有着同樣花紋圖案的沙發；沙發的前面有一張圓桌；屋角有個臉盆架，那上面的東西海蒂從來沒見過。

突然，她想起了昨天發生的事情，她明白，在這兒，她必須按羅梅女士說的「規矩」去生活。

海蒂從牀上跳起來，穿好衣服，走到窗戶前張望，但窗台高高的，什麼也看不到。這可難住了海蒂。要是在艾爾姆山上，一早起來，她就可以跑到屋外去，看看天空是不是藍色的，看看太陽是不是已經

升起來了；她可以去聽杉樹的沙沙聲，摘那些藍色和黃色的花。可是，在這裏，她簡直就像關在籠中的鳥兒，難受得很。

早餐後，克拉拉又被推回到書房。羅梅讓海蒂跟過去，留在克拉拉身邊，等達特先生來上課。

克拉拉開始問起海蒂的家，海蒂高興地跟她講艾爾姆山、山羊、草地和爺爺，講一切她認為有趣的事。

正在這時，達特先生來了。羅梅給他講了一遍關於海蒂如何無知無禮的事。但達特先生卻表示，他願意從A、B、C教起，同時也不耽誤克拉拉的功課。羅梅打開書房門，達特先生進去了。

書房裏出奇的亂，書本、**字帖**①、墨水台，還有筆，全弄翻在地上。達特先生驚訝地站在那裏，克拉拉卻高興得合不攏嘴，因為她從沒見過這種場面。

「海蒂呢？是她幹的嗎？」羅梅吼道。

---

①**字帖**：供學寫字的人仿效去書寫的範本。

「是的，但不要責備她，她是無意的。當時，街上有些馬車經過，海蒂衝過去看，把桌布扯走了。」克拉拉解釋說。

「她人呢？上哪兒了！」羅梅邊說邊跑下樓去。

海蒂正站在大門口，向着街上東張西望。

「你都幹了些什麼事？你為什麼要逃跑？」羅梅吼問道。

「我聽到杉樹林的沙沙聲，但找不到杉樹林。」海蒂答道。

「杉樹？我們是在森林裏嗎？上去，看看你鬧出什麼亂子來！」

海蒂跟着羅梅上樓去了。她十分驚異地看着自己闖下的大禍。

「你只能有這麼一次，不許再犯。」羅梅惡狠狠地說，「上課時你得一動不動地坐在椅子上聽講，不然，我就把你綁在椅子上！」

「是的，女士。」海蒂開始懂得按要求去做了。

午飯後，克拉拉要休息很長的時間，海蒂正好可

以自由活動了。她來到大門口，向外張望，看見遠遠的有一座高塔，最上面還有着金色的圓頂。她很想走到高塔那兒去看看，於是就沿着長街，去找通往高塔的路。

街角處，站着個小男孩，他背着個小手搖風琴，手裏抱着一個奇異的小動物。海蒂跑上去問道：「金圓頂的高塔在哪兒？」

「我要是告訴你，你能給我什麼？」那男孩説。「你有錢嗎？」

「我一點錢都沒有，但克拉拉有，她會給我一點的，你要多少錢？」

「二十便士。」

「好吧。」

於是，小男孩就帶海蒂找到了高塔。原來，這是一座教堂。教堂的大門關着。海蒂使勁地拉着門鈴。

知識泉

手搖風琴：管風琴的一種，內部有一個帶釘圓筒的樂器，演奏時轉動手把使圓筒滾動，以及讓風進入風琴管內，以發出樂聲。

便士：英國輔幣名，過去1英鎊等於240便士。現在英國制度1英鎊等於100便士。

「我要走了。」小男孩説。

「等一下我看完高塔怎麼回去？」海蒂問。

「再給二十便士，我就帶你回去。」男孩説。

「好吧。」海蒂邊拉鈴，邊答應着。

忽然，教堂的門打開了，一個老人盯着海蒂生氣地説：「你怎麼敢拉鈴叫我下來？」

「我想上塔去。」海蒂回答説。

「你上去幹什麼？」老人問。

「我只是想站在高處向下望，看看周圍都有些什麼。」海蒂懇求地説，「就這一次！」

老人被海蒂懇切的目光打動了。拉着海蒂的手，沿着階梯上塔去了。

階梯越來越窄，海蒂小心地邁着步子，終於上到塔頂。透過一個開着的窗戶，海蒂看到下面是一片茫茫的屋頂海洋，屋頂間夾雜着一些煙囱。

「一點也不像我想的那樣。」海蒂失望地説。

「小孩子知道什麼叫風景？好啦，以後不要再拉教堂門上的鈴了！」看塔人説着就領海蒂走下了窄小

的樓梯。

　　塔底的一角忽然傳來一陣貓叫聲。一隻大灰貓正守着牠的一窩小貓。海蒂停住了腳步，看塔人隨即說：「來，你可以看看小貓，我在這兒，大貓是不會咬你的。」

　　海蒂走到籃子前，高興得叫了起來。「哦，可愛的小貓兒！漂亮的小貓兒！」

　　「你想要一隻嗎？」看塔人問。

　　「給我嗎？永遠歸我嗎？」海蒂興奮地問道，她不敢相信自己會有這樣的好運氣。

　　「是的，你可以捉上一兩隻，甚至全都可以給你，只要你有房間養牠們就行。」看塔人說。他感到高興的是，現在有機會處理這些小貓，而不傷害牠們了。

　　「我有地方養，可怎麼帶回去呢？」

　　「我給你帶去，你告訴我在什麼地方就行了。」

　　「你就送到塞萬先生的住所吧。」

　　「交給誰？」

「交給克拉拉吧！」

海蒂還是不願離開這窩小貓。

「那你就先捉兩隻回去吧！」看塔人説着，就把大貓小心地關進自己的小房間裏。

海蒂迅速地挑了一隻黃色和一隻白色的小貓，分放在自己左右兩邊的衣袋裏，走出了教堂的大門。

等在門外的男孩子站起身來，領海蒂往回走。

僕人巴斯遠遠的就看見海蒂回來了，他催促地喊着：「快！快！」

海蒂趕緊跑進屋去，巴斯關上了大門，沒有注意到失望地站在外邊的男孩子。

「快點，小東西！直接去餐廳，他們已經坐在桌前了！」巴斯斥責道。

海蒂剛坐下，羅梅就喝道：「艾德爾海德，你的行為很糟糕，你沒有得到允許就離開了家，一直遊玩到這麼晚了才回來，這種行為真罕見！」

「喵！……」海蒂衣袋裏的小貓叫了。

「你説什麼？你敢來惡作劇？」羅梅惡狠狠地説。

「我沒……」海蒂開始説。

「喵！喵！」

「你給我出去！」羅梅喝道，「和你説話你還『喵、喵、喵』的，真不像話！」

「我沒這樣説，這是小貓叫。」海蒂終於一口氣説出了這句話。

「什麼？什麼？貓？小貓？」羅梅大叫道，「把這些可怕的小動物全找出來，扔掉！」

「海蒂，你有小貓？」克拉拉小聲問道。

海蒂點點頭。

正當羅梅氣得滿屋子亂轉時，克拉拉把小貓抱在了膝上，海蒂蹲在克拉拉身旁，兩人非常高興地玩着這兩隻小貓。

巴斯又進來了。「你一定要幫幫我們，為小貓找張牀，可不能讓羅梅看見，她怕貓。」克拉拉説。

「我一定會照顧好小貓的，克拉拉小姐。」巴斯

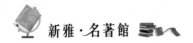

欣然應道。

　　晚上，克拉拉和海蒂都很高興，因為她們知道，小貓已經睡上用大籃子鋪的好牀了。

六、又出亂子

　　第二天早晨，門鈴突然被按響了。巴斯推開門，只見一個背着手搖風琴、衣衫襤褸的男孩正站在門前。

　　「你找誰？」

　　「我要見克拉拉。」男孩説，「她欠我四十便士，昨天我給她帶路，她答應給我錢的。」

　　「克拉拉小姐從來不出門，」巴斯冷冷地説：「你説什麼謊話？」

　　「我沒説謊！」男孩不退讓地説，「她留着鬈曲的頭髮，眼睛烏黑烏黑的，口音跟我們不一樣。」

　　「哦！」巴斯明白了，「一定是海蒂搞的鬼。」

　　「你在這兒等着。」巴斯對小男孩説。

　　接着巴斯便到書房去報告克拉拉：「有個小男孩説要見你。」

　　克拉拉對這個不平常的消息十分感興趣,她說:
「快叫他進來。」

　　不一會兒,那男孩就背着手搖風琴,站到克拉拉
面前了。他給兩個女孩子演奏起音樂來。

　　「停下!快停下!」羅梅邊喊邊衝了過來。忽
然,她腳下像是被什麼東西絆了一下,低頭一看,原
來是隻烏龜!

　　「巴斯!巴斯!」羅梅尖叫起來。只見她蹦跳幾
下後,便倒在了地板上。

　　「讓這男孩和烏龜都滾開!快把他們送出去!
快!」羅梅大叫着。

　　巴斯把什麼東西塞在男孩的手上,說:「這四十
便士是克拉拉小姐給你的;另外四十便士是賞你演奏
的。」

　　男孩連忙抓起他的烏龜,背着手搖風琴出門去
了。

　　屋子裏剛剛平靜下來,門鈴又響了。巴斯又進來
報告說,有人送來一個大籃子,要馬上送給克拉拉小

姐本人。

「給我？快讓我看看是什麼樣的大籃子！」

巴斯送進來一個用布蓋着的籃子，便急忙退了出去。

「我想你還是先學習完功課，然後再打開籃子。」羅梅在一旁提醒説。

「我只看一眼。」克拉拉請求道。

沒等他們再議論下去，籃子裏的東西已經開始活動了。一隻、兩隻、三隻……一窩小貓從籃子裏跳出來了，在房間裏「喵、喵、喵」地叫喊、奔跑。克拉

拉被這夥漂亮的小貓迷住了，海蒂則跟在小貓後面跑來跑去。

「提爾！巴斯！」羅梅驚叫着。

僕人們把小貓全捉起來，送到昨晚那兩隻貓的窩裏去了。這天上午，達特先生無法給孩子們上課了。

「艾德爾海德，我要懲罰你！」羅梅吼道，「今晚，你就到**地窖**①裏睡，跟老鼠和蜥蜴過夜！」

「不！不！羅梅，」克拉拉堅持説：「你一定要等我爸爸回來才作出決定！我爸爸來信説，他這幾天就會回來的！」

羅梅不敢反對克拉拉的建議，**悻悻**②地走開了。

這些日子，羅梅覺得很難熬，而克拉拉卻覺得很滿意，因為日子再也不單調了。海蒂使學習時間過得快了，使白天變短了。每到下午，海蒂總是坐在克拉拉身旁，給她講艾爾姆山上各種各樣有趣的事；給她講自己在山上的生活。講到最後，海蒂總會情不自禁

---

① **地窖**：貯藏物品用的地下室。
② **悻悻**：憤恨難平的樣子。

地大聲喊道:「我真的現在就得回家,明天我真的要走了!」

　　克拉拉總是勸海蒂再等一等,等她爸爸回來了再說。海蒂也因為心中有個小秘密而同意「再等一下」。要知道,海蒂把每頓飯給她的麵包卷都藏起來了,她要拿回去,給老奶奶吃。每當午休時,海蒂總要到衣櫥裏去數她的麵包卷。

　　有一天中午,海蒂終於等不下去了,而麵包卷也已經夠多了。於是,她趕緊用自己的大圍巾,把麵包卷捆好,戴上草帽,向大門口走去。

海蒂的行動被羅梅發現了，「你要到哪裏去？又想上街逛啦？」羅梅不懷好意地說。

　　「不，我只是想回家。」海蒂怯生生地說。

　　「什麼？什麼？回家？你想回家？你這個忘恩負義的孩子！這兒有什麼不好？你生下來後，有住過這麼好的家嗎？」羅梅發狂地叫喊着。

　　「我確實想回家。」海蒂激動地說，「我離開家這麼久了，山羊們一定在想念我，老奶奶也在盼望着我。在這兒，永遠也看不到太陽向羣山道晚安，看不到綠草地，聽不到杉樹聲！」

　　「哎呀，這孩子瘋了！」羅梅驚叫着衝上樓去，和正在下樓的巴斯撞了個滿懷。

　　「趕快把那個可惡的小東西帶上來！」羅梅命令道。

　　海蒂又被關在這所大屋子裏了。羅梅對她看管得更嚴了。

　　第二天，羅梅來檢查海蒂的衣櫥。

　　「艾德爾海德！你怎麼把這麼多的麵包卷都放進

衣櫥裏了？」羅梅尖叫着。「提爾，來，把這些麵包卷和那頂破草帽拿去扔了！」

「不，不能！」海蒂高聲叫道，「我要那頂草帽，麵包卷是留給我奶奶的！」

羅梅死死地抓住她，直到提爾把麵包和草帽全拿走後才鬆手。

海蒂傷心地挨在克拉拉的輪椅邊哭了。她有生以來還沒有這樣哭過。

「海蒂，你不要哭。」克拉拉安慰着説，「當你回家時，我一定給你更多新鮮的麵包卷。你留的這些麵包卷都變硬了，帶給奶奶也吃不下去。」

過了許久，海蒂才忍住了抽泣。

「克拉拉，你真的給我一樣多的麵包卷送給奶奶嗎？」

「真的，你該高興了吧？」克拉拉友好地説。

晚上上牀睡覺時，她發現牀單下藏着一頂小草帽，她迅速地拉出草帽，用大手絹包起來，藏在衣櫥最深的一個角落裏。

原來，是巴斯從提爾手中把這頂草帽給「救」
回來的。巴斯挺能理解這個小女孩的心。

七、塞萬聽到了怪事

幾天以後，主人塞萬從外地回來了，他給克拉拉帶回來許多東西，家裏的人上上下下的都忙碌起來了。

塞萬首先上他女兒的房間去，只見海蒂正坐在克拉拉身旁。克拉拉十分親切地問候她的父親，她很愛這個好爸爸。

「你就是那位瑞士小女孩吧？」塞萬向海蒂伸出了手，「來，把手伸給我，對了，你和克拉拉是好朋友嗎？你們常吵嘴、發脾氣，過後又和好，是嗎？」

「不，克拉拉一向對我很好。」海蒂回答説。

「海蒂從不和我吵架，爸爸。」克拉拉連忙補充説。

「那太好了，我聽到這些就很高興。」塞萬説。

「先生，你的午餐準備好了。」巴斯在門外輕輕

地說。

「爸爸，都下午了，你還沒吃午飯？快去吃飯吧，會餓壞的。」克拉拉關切地說。

在餐廳裏，羅梅滿臉陰沉地呆坐着。

「怎麼啦？家裏好好的，克拉拉也很活潑，瑞士小女孩也很可愛，有什麼事使你發愁？」塞萬邊吃飯邊問道。

「塞萬先生，我們受騙了！」羅梅鄭重其事地說，「那個瑞士女孩天天給我找麻煩。你不在家時，她把什麼貓、烏龜、乞丐都惹到家來了。還鬧着要回家。我看她是精神失常！我已經叫人請達特先生來給你說一下那個小女孩的事了。」

正說着，達特先生進來了。

「哦，達特先生，我的好朋友，快坐下，我們一起喝杯濃咖啡。」塞萬熱情地說，「能告訴我，我女兒同伴的事嗎？這孩子究竟怎麼樣？你也教她讀書吧，她的腦子究竟怎麼啦？」

「這孩子腦子沒問題，人很機靈，只是教養上

顯得有不足之處，這是受教育較晚所引起的；另一方面，她具有許多優良的品質，比如善良、純真，這是在阿爾卑斯山長期生活的結果。但正由於她在山上住得太久了，所以她有點粗野，她……」達特先生還想説下去。

「我親愛的達特先生，」塞萬説，「不麻煩你了，我得趕快到我女兒那兒去。」

塞萬坐在了克拉拉身旁。海蒂從椅子上站了起來。塞萬轉身對海蒂説：「你給我去拿，拿……給我拿一杯水來吧。」塞萬想出個藉口要支開海蒂一會兒。

「新鮮的水嗎？」海蒂問。

「是的，要十分新鮮的！」塞萬答道。

海蒂走了。

「克拉拉，」塞萬拉着女兒的手説，「告訴我，你的同伴腦子有時候不十分正常，是嗎？她為什麼要帶貓和烏龜回家呢？你厭煩她嗎？我要不要把她送回家？」

「不，不，爸爸你不要這樣做。」克拉拉懇求地説，「自從海蒂來到這兒，每天都發生一些有趣的事，時間過得快多了。要是海蒂走了，我的日子會很難過的！」接着，克拉拉就把烏龜和小貓的事給爸爸講了一遍。

塞萬聽後哈哈大笑：「這太有趣了！很好！克拉拉。哦，你的小朋友又回來了，給我帶來新鮮涼水了嗎？」塞萬伸手接過了海蒂遞給他的那杯水。

「是的，從井裏打來的新鮮水。」海蒂説。

「你自己跑到井那兒去的嗎？」克拉拉問。

「是的，我過了兩條街，前面兩口井的人都很多，水是在第三口井那裏打的。有一位白髮紳士向塞萬先生問好。他説他認得我手上的杯子。」

「他是什麼樣子的？」塞萬問。

「他帶着一個金項圈，圈下面掛着一塊大紅寶石；他的手杖上有一個馬頭。」海蒂説。

「那是一個醫生。」「那是我的醫生。」塞萬和克拉拉幾乎同時説。

晚上，塞萬和羅梅坐在餐廳裏商量家務事。他告訴羅梅，他要把海蒂留在家裏，這個小孩子的情況很正常，克拉拉很喜歡跟她在一起。

　　「因此，我希望，」塞萬明確地補充説，「你要好好地對待這個小孩子，不管她的性格如何獨特。我母親很快就要來這兒住一段時間了，她很會照顧孩子，她會幫助你的。」

　　兩周後，塞萬又要離開家到巴黎去了。克拉拉不讓他走，他安慰女兒説，過兩天奶奶就要來了。

　　克拉拉聽到這個消息非常高興，她跟海蒂講了許多關於她奶奶的事。海蒂也開始談論着「奶奶」，羅梅在一旁使勁地盯着海蒂，最後，她把海蒂叫到自己的房間，説：「你不能跟着克拉拉小姐稱呼『奶奶』，而要稱呼克拉拉小姐的奶奶為『尊貴的老夫人』，明白了嗎？」

　　海蒂不明白這個稱呼的意思，她迷惑不解地看着羅梅。回答她的是羅梅那令人生畏的眼色。

⌒ 八、克拉拉的奶奶 ⌒

　　第二天晚上，一輛馬車駛到了塞萬家門前。巴斯和提爾趕緊跑下樓，羅梅慢條斯理地跟在他們後面。她叫人通知海蒂留在自己的房間裏，不許亂走。

　　海蒂坐在房間的一角，反覆地說着羅梅指定的那句話——「你好，尊貴的老夫人！」沒過多久，提爾就從半開的門中探進頭來，像往常一樣厲聲地說：「到書房去！」

　　海蒂走進書房，奶奶非常友好地向她喊道：「哦，孩子！上我這兒來，讓我瞧瞧你。」

　　「你好，尊貴的老夫人！」海蒂聲音清晰地說。

　　「為什麼不叫……」奶奶笑着說，「你在家裏是這樣叫的嗎？你在阿爾卑斯山時聽說過這樣叫的嗎？」

　　「不，我們當中沒有一個人有那樣的名字。」海蒂真摯地回答。

「這兒也沒有人有這樣的名字。」奶奶又笑着說，她慈祥地拍着海蒂的臉蛋，「沒關係，在幼兒園裏我是奶奶，你就叫我奶奶吧，好嗎？」

「以前，我就一直這樣叫老人的。」海蒂說。

奶奶高興地點着頭，用一種親切的目光打量着海蒂。海蒂在這位白髮老奶奶面前，感到毫不拘束。奶奶那頭漂亮的白髮，以及頭上圍着的那條好看的花邊絲帶，還有帽子上的兩條寬大的帶子，都讓海蒂感到新奇。

「孩子，你叫什麼名字？」奶奶又問。

「我叫海蒂，不過要是叫我艾德爾海德，我也會答應的。」

這時，羅梅剛好走進了房間，「我想她應該用正式一點的名字。」她說。

「羅梅，」奶奶說，「如果她已經習慣了叫海蒂這個名字，我就這麼叫她吧！」

羅梅強壓着惱火，卻又無可奈何。

第二天午飯後，克拉拉像往常一樣午睡去了。奶

奶坐在她旁邊的安樂椅上，閉眼休息了一會兒。忽然間，她站起身來去找羅梅。

「這個時候海蒂究竟在哪兒呆着？她在做什麼？我想知道這些。」奶奶説。

「她在自己房間裏坐着，可能忙些自己認為有用的事。不過，她經常做一些與上流社會生活不相稱的、古裏古怪的事。」

「要是我也像這個孩子一樣獨自坐在那裏，我也會做出這樣的事來。現在，你把孩子帶到我房間來，我想給她一些漂亮的書。」

「這個孩子要書做什麼？這麼長時間了，連A、B、C都沒學會。」羅梅鄙視地説。

「這倒也奇怪，這孩子看來不像是學不會字母的。」奶奶説，「你帶她上我這兒來，先讓她看看書裏的插圖。」

海蒂走進奶奶房裏，看見奶奶帶來的那本大書裏有彩色的圖畫，就瞪大了眼睛。

奶奶剛翻開新的一頁，海蒂突然尖叫起來，她嗚

咽着，淚珠滴在了書頁上。奶奶細看了這張圖，原來這是一幅美麗的綠色草地的圖畫，畫面上各種動物正在啃着綠色的灌木，一個小牧羊人正站在牠們中間。

「來，來，孩子。」奶奶拉着海蒂的手友好地說，「別哭，別哭，這幅畫使你想起什麼事來了？看看，畫裏有個好聽的故事，今天晚上我給你講，這本書裏面還有很多美麗的故事可以朗讀和背誦。來，我們一起談談，把眼淚擦擦，站到我面前來，讓我好好地看看你。到這兒來，這就對了。現在，讓我們又愉快起來吧！」

海蒂過了一會兒才止住抽泣。奶奶耐心地等待着，不時說些鼓勵的話，還給她講書上的故事。

海蒂專心地聽着奶奶講，「我要是能朗讀那該多好啊！」她心裏想。

自從上次羅梅罵海蒂忘恩負義後，海蒂再也不敢提回家的事了。只是獨自在心裏想，夜間她常常長

時間睡不着覺；早晨醒來，她滿心歡喜，想要跑出茅屋，才突然醒悟自己仍在法蘭克福，於是就在這張大牀上躺着，把頭埋在枕頭裏，細聲地抽泣。

奶奶常在大清早看到海蒂在哭。一天，她把海蒂叫進她的房間裏，極親切地説：「什麼事讓你這樣傷心，海蒂？」

「我不能告訴你，不能告訴任何人。」海蒂痛苦而堅決地説。

有一天，達特來找奶奶，説有重要的事情相告。原來，海蒂這個總學不會A、B、C的「野孩子」，突然間會朗讀了。

「重要的是引起孩子的學習興趣。」奶奶滿意地説，隨即便和達特先生一起到書房裏去。海蒂正坐在那裏，給克拉拉讀一個故事。

就在那天晚上，奶奶送給海蒂一本有漂亮插圖的大書。

「送給你。」奶奶説。

「是永遠嗎？」海蒂問，她喜歡得臉都紅了。

「當然，這書永遠屬於你。」奶奶肯定地說。

睡覺前，海蒂在自己的房裏看着這本漂亮的書，從那一刻起，她就覺得，坐下來看書，比什麼都好。以後的每一天裏，奶奶都鼓勵海蒂給克拉拉朗讀書中的故事。

一次，當讀到故事中的老奶奶死去的一段時，海蒂傷心地哭了。羅梅知道後便厲聲罵道：「以後你讀故事時，再任意發洩，我就拿走你的書，不還給你。」

這一下可真見效，海蒂嚇得臉都變白了，書是她最珍貴的財富，她不能沒有書，為了保住書，她止住了哭泣。只是此後，海蒂吃不下飯了，人也變得越來越消瘦。不管奶奶怎麼勸她，都不見效。

終於有一天，奶奶要和孩子們分別了，克拉拉傷心地哭了。奶奶勸慰着克拉拉，說：「有海蒂給你朗讀故事，你一定不會覺得孤單的。」

海蒂也在一旁說：「我將永遠、永遠給你朗讀，好嗎，克拉拉？」

❧ 九、鬧鬼 ❧

　　好些天以來，塞萬家裏一直發生鬧鬼的怪事。每天早晨，當僕人下樓時，大門總是大開着的，四處搜尋過，既找不到是誰打開門的，也沒有發現丟失什麼東西，不像是有賊入屋。

　　在夜裏，大門不但上了雙鎖，而且還用木棍把門閂^①上了，但還是沒用，早上門依然敞開着。僕人們天沒亮就起牀察看，情況仍是這樣。

　　羅梅命令巴斯和另一個叫約翰的僕人今晚在大門左邊的走廊裏守夜，把事情弄個明白。

　　兩人坐下後，先是高談闊論，後是打瞌睡。時鐘敲過一點後，忽然，一陣狂風把兩人吹醒了。「啊，門開了！」巴斯大叫道。

　　「影子，白影子！上台階了，走了！」約翰也叫

----

①閂：在門後橫插棍子，使門推不開。

起來了。兩人嚇得跌倒在地，直到天亮了，才敢出去把大門關上，爬到樓上去，向羅梅報告了昨晚的事。

羅梅立即給塞萬寫信，請塞萬立即回家。

塞萬回信說，因為事務纏身，不能立即回家，還說這世界上沒有鬼，要大家不要怕。

羅梅知道這個家裏，誰說話最算數，她決定把鬧鬼的事告訴孩子們。

克拉拉聽說家裏有鬼，顯得十分激動，要羅梅立即叫爸爸回來。

羅梅便再給塞萬寫信。信中說，家裏的鬼已經影響到他女兒的身體健康了，如果他不及時回來處理，他的女兒就會患上癲癇一類的病。

> **知識泉**
>
> 癲癇：一種長期性神經系統疾病，發作時病者會喪失意識，身體痙攣（即抽筋）。它的病因複雜多樣，遺傳、腦病、全身或系統性疾病都有機會引致，可用藥物或手術治療。

這封信有了效果。兩天後，塞萬站在他家門口，使勁地按鈴。羅梅和僕人們都趕緊跑了出來，他們誰也不敢開門，因為他們都認定，一定是那隻鬼又在光

天化日之下搗亂了。巴斯跑到樓上，透過百葉窗向外窺探，他認出了按鈴人的手。於是，飛也似的跑下樓去開門了。

塞萬一進門就上樓到克拉拉房間去。克拉拉高興得叫了起來，如果不是家裏鬧鬼，她還不能這麼快就見到爸爸呢！塞萬見女兒的神情、説話的語氣和身體健康狀態都跟平常沒什麼兩樣，嚴肅的面容立刻溫和起來了。

「家裏的鬼都搞了些什麼惡作劇，羅梅？」塞萬問道。

「這不是笑話，我毫不懷疑，明天你就會發現這件事是夠嚴重的。」羅梅嚴肅地答道。

「巴斯，你跟我來。」塞萬領着巴斯到餐廳裏去，「告訴我，是不是你們有意鬧鬼捉弄羅梅？」

「不是。」巴斯把那晚如何跟約翰守夜碰見鬼的事，跟塞萬先生詳細地説了一遍。

「真丟臉，你們這些男子漢都被鬼嚇住。快，給我去向克拉森醫生問好，請他今晚九時正，一定要到

我這兒來，在這兒和我過一夜，把事情弄明白。」塞萬吩咐道。

巴斯走後，塞萬回到小女兒那裏，告訴她不用害怕鬼，今晚他一定把事情弄明白。

晚上九點，孩子們都睡覺去了，羅梅也歇息了。醫生準時到來，他頭髮雖已斑白，臉色仍很紅潤，兩眼慈祥而有神。

「來，老朋友。」塞萬招呼道，「家裏鬧鬼了。」

「有這樣的事？」醫生問道。

塞萬把事情的前前後後跟醫生說了一遍。說今晚要跟醫生一起，帶上裝好子彈的左輪槍，在門廳守着。

兩位先生坐在門廳旁的安樂椅上談着各種各樣的事情，不時地吃些點心，直到深夜十二時還沒發現鬼。

就在時鐘敲響一時之後，醫生首先聽到了聲音。

「噓！」醫生向塞萬先生示意道。

知識泉

左輪槍：槍上有一圓輪，上有六個孔，可裝六發子彈，裝子彈時圓輪向左方扳出。

兩人仔細聽着，聽見門杆輕輕地被挪動了，鎖把動了兩下，門就開了。塞萬連忙去拿左輪槍。只見他左手拿着蠟燭，右手持槍，輕輕地向大門那邊走去，醫生也跟着過去。

　　暗淡的月光透過敞開的大門射了進來，照出一個白影子，一動不動地站在門口。

　　「誰在那兒？」醫生喝道。只見那影子轉身尖叫一聲。原來是海蒂站在那兒。

　　「孩子，你要幹什麼？」塞萬問道。

　　海蒂臉上嚇得刷白，站在那兒哆嗦着説：「我不知道。」

　　「塞萬，你先回房去坐一會兒，我把孩子送回她的房間去再來。」醫生便向海蒂走去。

　　「不要害怕，要安靜下來，不要緊的。」醫生邊送海蒂回房間邊説。醫生替海蒂蓋好了被子，輕輕地問道：「告訴我，你想上哪兒去？」

　　「我沒有想上什麼地方去。」海蒂堅持説，「我自己沒有下樓去，只是忽然間就站在那兒了。」

「是這樣！夜裏你做夢沒有？你十分清楚地看到和聽到什麼了嗎？」醫生又問道。

「是的，每天夜裏我都做夢，都是做同樣的夢。我覺得像是和我爺爺在一起，聽到了門外杉樹的呼嘯，我迅速地跑着，打開爺爺茅屋的門一看，真是漂亮極了！可是，我醒來時，原來自己還是在法蘭克福。」海蒂喉嚨哽住了，她盡力克制着。

「你是不是覺得身上什麼地方發病？」

「不，只覺得有塊大石頭壓着我。」

「你想吐嗎？」

「不，我只想大哭一場。」

「你真的大哭了嗎？」

「沒有，我不敢，羅梅不讓我哭。」

「你和爺爺住在哪兒？」

「一直在艾爾姆山。」

「那兒不會特別愉快吧？」

「不！那兒很美麗，那兒很好！」

海蒂再也抑制不住了，眼淚像泉水般地往下流，

她放聲大哭起來了。

「好，哭出來就好了。」醫生摸着海蒂的頭說，「哭過後睡個好覺。晚安！」

說完，醫生便下樓到塞萬那兒去了。

「塞萬，」醫生解釋道，「這個小女孩患有夢遊症。同時，這個孩子由於思鄉而日漸消瘦下去，已接近皮包骨了。治療的辦法只有一個，那就是，立刻把她送回阿爾卑斯山區她的家裏。」

塞萬激動地在房裏來回**踱步**①，他大聲地說：「思鄉病！夢遊！日漸消瘦！為什麼家裏竟沒有人注意到這些？這孩子來時是非常健康的，現在，我能把一個病弱的孩子送回她爺爺那兒去嗎？不！我要把孩子留下來，治好了病才送她走。」

「塞萬，」醫生誠懇地說，「她的病不是藥物所

---

①**踱步**：慢步的走來走去。

能治好的，只有把她送回她習慣的山區去，才能挽救她。」

「好吧，就按你説的去辦。」塞萬説着挽起老朋友的手臂朝門外走去。此時，天已經亮了，醫生也要回家去了。

十、回到艾爾姆山

送走醫生後，塞萬快步走到羅梅的房門前。他一反常規，大聲地敲門，急急地說：「快到餐廳來，馬上作好外出的準備。」

羅梅看了看鐘，才清晨四點半。她胡亂地穿衣出門。僕人們也被全叫起來了。塞萬叫羅梅去找出一個旅行箱來，收拾好海蒂的東西，把克拉拉大部分的好衣服也裝進去，動作要快。接着，便到克拉拉的房間去了。他告訴克拉拉「鬧鬼」的真相，以及送海蒂回家的迫切性。克拉拉聽後很吃驚，也很痛苦。為安慰克拉拉，塞萬答應明年帶克拉拉到瑞士去。

就在這時，迪提姨母被叫來了。塞萬告訴她關於海蒂的事，希望她當天就帶海蒂回家。

迪提顯得很失望，她強調自己的工作很忙，走不開，拒絕帶海蒂回家。這是因為她仍然清楚地記得艾

爾姆大叔離別時對她說的話：永遠不要回去。

塞萬先生打發走迪提後便吩咐巴斯帶海蒂回家。他讓巴斯當天帶孩子趕到**巴塞爾**①鎮，第二天就帶她回家，並立即返回。

「你要細心照料好一切，在鎮上的旅館給海蒂開一個最好的房間，睡前把所有的門窗都關緊，直至孩子打不開為止，因為她會在夜間出外遊走的。」塞萬說。

「哦！」巴斯大聲應道，他終於明白家裏「鬧鬼」的真相了。

塞萬交代完畢，就回房裏去給艾爾姆大叔寫信了。

海蒂被告知今天就回家去。她興奮地跑到克拉拉身旁。克拉拉指着一個打開蓋子的大皮箱說：「看我給你裝進去什麼了？你喜歡嗎？」

箱子裏有衣服、圍裙、內衣，還有縫紉用的東西。

「瞧這兒，海蒂。」克拉拉得意洋洋地提起一個

①**巴塞爾**：瑞士北部城市，接近德國的邊境。

籃子，只見籃裏放着十二個漂亮的白麪包卷，這些全是給奶奶的。海蒂高興得跳了起來。

「四輪馬車準備好了！」外面傳來一聲叫喊，於是，兩個女孩子再也沒有惜別的時間了。

海蒂急忙跑回自己睡覺的房間，去找老奶奶給她的那本漂亮的書；找那條舊的紅圍巾和那頂草帽。

「不，你不必帶走這些東西！」羅梅説。

「不！」塞萬堅決地説，「這孩子要帶什麼東西回家都可以。不要這樣對待孩子，羅梅！」

海蒂感激地看着塞萬説：「謝謝你！也請你替我謝謝那位醫生！」

「祝一路平安！」塞萬向坐上馬車的海蒂揮手説。

不久，巴斯帶着海蒂下了馬車，轉乘火車。到了巴塞爾鎮，便到旅館裏住了一夜。

第二天早晨，又轉乘另一趟火車，到離多弗里村最近的那個車站——邁恩費爾德去。

巴斯帶着海蒂和那個大箱子，向路人打聽到多弗

里哪條路最好走。一個車夫答應把海蒂和行李箱送到多弗里村去，然後，再找人把海蒂送上艾爾姆山。

「我一個人能走，我知道由多弗里村去艾爾姆山的路。」海蒂說。

巴斯聽了後，就遞給她一個沉重的包裹和一封塞萬先生給她爺爺的信。巴斯叮囑說，這是塞萬先生送的禮物，一定要放在麵包籃子底，千萬不能丟失。

「我不會丟失的。」海蒂有把握地說，即時把包裹和信放在了籃子底下。這個麵包籃子，自出門以

來，就一直被海蒂抱在身邊。

　　車夫將行李箱裝上了馬車，巴斯把海蒂舉起來，放到了高座上，邊說再見邊打手勢示意海蒂留心手中的籃子。

　　巴斯目送馬車遠去後，便坐下來，等回程的火車了。

　　車夫是多弗里村的麵包師，他還認識海蒂的父母。於是，便和海蒂聊起來了。

　　「你爺爺就是艾爾姆大叔吧？」

　　「是的。」

　　「你在法蘭克福過得不好嗎？怎麼要回艾爾姆山來？」

　　「不，那兒很好。但我寧願永遠和我爺爺住在艾爾姆山的家裏。」

　　「你爺爺對你很好嗎？」

　　「當然。」

　　下午五時，馬車到多弗里村了。麵包師傅把海蒂從車上抱下來，海蒂連忙説：「謝謝你，我爺爺會來

拿我的箱子的。」

話音剛落，人羣就圍過來了，向她問這問那。海蒂從人羣中擠了出去。

麵包師告訴人們，一個紳士怎樣把這孩子帶到邁恩費爾德，然後非常友好地和她告別，還慷慨地立即付給他車費。他可以肯定地説，這孩子在那邊過得挺好，只是她渴望回到她爺爺身邊來。

這條新聞引起了極大的震動。村子裏的人都在反覆説，海蒂渴望從奢侈的生活回到她爺爺身邊。

海蒂儘快地從多弗里村跑上山去。但不時地要停下來喘氣，她提着的籃子太重了。

「奶奶還坐在屋角裏搖紡車嗎？」海蒂邊走邊想着，猛一抬頭，便看見了艾爾姆山上凹地的茅屋。她加快了腳步，向茅屋跑去。

「奶奶，我來了，真的來了！」還沒進門，海蒂就大聲説道。

「是她，是海蒂！」奶奶哆嗦着向海蒂伸出手去，「上帝，真的又讓我見到她了！」

海蒂從麵包籃裏一個一個地把麵包卷全拿了出來，「奶奶，這裏有十二個麵包卷，全送給你！」

「哦，孩子，你真懂事！」奶奶激動地說。

這時，彼得的媽媽過來了，她吃驚地看着海蒂，說：「你怎麼又回來了？這孩子穿着這身衣服多漂亮啊，還有桌子上這頂裝飾着羽毛的小帽子也是你的吧？你怎麼不戴上這帽子？」

「不，我決不戴。」海蒂堅決地說，「我爺爺說，永遠也不願看到我戴這樣的帽子。如果你喜歡，你就把這帽子拿去吧！」

海蒂邊說邊脫掉身上那件漂亮的衣服，把一直帶在身邊的紅圍巾、舊草帽戴在了身上。「晚安，奶奶，我得回家找爺爺去了。」

「好吧，海蒂，明天再來。」奶奶說。

「你為什麼要脫掉這麼漂亮的衣服？」彼得媽媽問。

「我不願穿着它回爺爺家，爺爺會認不出我來的。」

　　海蒂提着籃子，繼續上山去了。晚霞照遍了綠色的艾爾姆山，山上的碧草都鍍上了金，連那最遠的谷地也沐浴在金色的霧靄中。海蒂欣喜若狂，晶瑩的淚珠順着雙頰流淌。好一會兒才醒悟過來，又急急地向山上爬去。

　　很快，她就見到茅屋頂了，又過了一會兒，整座茅屋都見到了！爺爺正坐在茅屋邊的凳子上，面對着那排老杉樹抽煙。

　　「爺爺！爺爺！」海蒂激動地向爺爺衝去。

　　突然見到海蒂，爺爺也激動得不知説些什麼，只是用手不時地擦着老淚。

　　「怎麼回事？是他們送你走的嗎？你的臉色怎麼這樣差？」

　　「不，爺爺，他們對我很好。」海蒂説着從籃子裏取出信和那個包裹交給爺爺。

　　看過信後，爺爺沒説一句話，把信裝進了自己的衣袋，然後把那個包裹遞給海蒂，「這是你的，這些錢你可以用來買一張牀和一些衣服，夠你穿用兩、三

年的。」

「我確實不需要這些東西，爺爺。我已經有一張牀，克拉拉給我裝了那麼多衣服，我實在不需要什麼衣服了。」

「拿着吧，放在碗櫥裏，日後你會用得着的。」

海蒂聽從了，她蹦蹦跳跳地跟着爺爺進了茅屋。

「爺爺，我沒有牀了！」

「很快你就會有一張牀的。」爺爺説，「我不知道你會回來。來，喝羊奶吧！」

海蒂從小木閣上下來，坐在她那張仍在原處放着的高凳上，端起一碗奶貪婪地喝着，好像是從沒喝過這麼好的東西似的。放下小碗，她深深地吸了一口氣，説：「世界上沒有什麼比得上我們的羊奶好喝！爺爺。」

外邊傳來了一聲口哨，海蒂閃電般地衝了出去。一大羣羊正蹦蹦跳跳地從高地上下來，彼得夾在了羊羣中。當他看見海蒂時，立即站住了。

「晚安，彼得！」海蒂高聲喊道，「小天鵝！小

熊！你們還認得我嗎？」

那些山羊聽出了她的聲音，牠們用頭在海蒂身上擦着，歡喜得咩咩叫。海蒂一個接一個地叫着牠們的名字，摟抱着牠們。

「你真的又回來了？」彼得終於説出了這麼一句話。「明天你又和我一起去放羊？」

「明天不行，明天我要去奶奶家。後天吧，後天我跟你一起上山放羊。」説罷，海蒂摟着小天鵝和小熊回家了。

當海蒂回到茅屋時，發現爺爺已經給她鋪好牀了。還是那麼清香的乾草，還是那麼整潔的亞麻布牀單。晚上，躺在牀上，海蒂睡得特別香，她已經整整一年沒睡過一個這麼好的覺了。

知識泉

亞麻：一種植物，莖裏的纖維及種子都有利用價值。亞麻的纖維可織布或搓成繩索；種子可用來榨油食用，也可以用來調油墨。

∽ 十一、上教堂 ∾

爺爺到多弗里村去取海蒂的旅行箱，海蒂也跟着一塊兒下山去。她想快一點見到奶奶，聽她說說那些麵包卷的味道。爺孫倆走到彼得奶奶家門口時分手了。

奶奶告訴海蒂，那些麵包卷味道好極了，吃了這些麵包卷精神也好多了。彼得媽媽插話說，奶奶捨不得多吃，怕吃完了就沒有了。這裏也有麵包賣，可是她買不起啦。

「沒關係。」海蒂說，「我可以寫信讓克拉拉給我寄很多麵包卷來。」

「路這麼遠，寄來的麵包會變硬的。要是能省下一點錢來，我們可以到多弗里的麵包師那兒買，問題是，我們連**黑麵包**①也買不起。」彼得媽媽說。

---

① **黑麵包**：用黑麥製成的麵包，質感硬實，富含膳食纖維。

「哦，我有許多錢，奶奶！」海蒂得意地説，「你每天可以吃上一個新鮮的麵包卷，星期日還可以吃兩個呢！彼得可以從多弗里村帶麵包卷回來。」

「不，不，孩子！」奶奶不同意地説，「這錢得留給你和爺爺用，不能這樣亂花。」

海蒂忽然看見了奶奶那本舊的讚美詩集，便説：「奶奶，我能給你讀一首讚美詩嗎？」

「你會朗讀了？」奶奶喜出望外地説。

海蒂打開了這本滿是灰塵的書，給奶奶唸了一首讚美太陽的詩——

「太陽，像黃金般的流泉，
傾瀉到我們的山山嶺嶺，
……」

奶奶像是真的看見了太陽，激動地説：「孩子，你給我帶來了光明！」

這時，有人在敲窗戶，是爺爺！海蒂很快就跟

了過去。彼得奶奶拿着昨天海蒂留下的衣服和帽子，也跟了出去，她讓海蒂把這些都帶上。海蒂接過了衣服，可就是不肯要那頂帽子。彼得媽媽只得替海蒂把帽子保存起來。

海蒂給爺爺講了自己給奶奶買麵包卷吃的打算。

「但，你得買張牀呀！」爺爺説。

海蒂堅持要睡在乾草牀上，省下的錢要全用來買麵包卷給奶奶吃。

爺爺最後説：「錢是你的，你高興怎麼花就怎麼花，你用它來給奶奶買麵包卷，可以買許多年呢！」

第二天清晨，爺爺站在茅屋前，面帶笑容地環視四周。只見晨光閃耀，照遍了山嶺和谷地，山下傳來了清晨的鐘聲，鳥兒在杉樹林中歌唱。

「海蒂，起來！」爺爺喊道，「太陽出來了！穿上好衣服，我們一起到教堂去！」

這是她爺爺發出的全新的召喚。海蒂很快便穿好了衣服，站到了爺爺跟前。

「爺爺，以前，我從沒看見過你這樣的打扮！」

海蒂興奮地說，「你從沒穿過帶銀扣的外衣！爺爺，你真漂亮！」

爺孫倆手拉手地朝山下走去。

教堂響起了嘹亮的鐘聲。

當爺爺和海蒂走進教堂後排座

位時，多弗里村的人們已經開始唱讚美詩了，但人們還是發現了艾爾姆大叔。

　　禮拜儀式完畢，艾爾姆大叔拉着海蒂的手走向牧師的屋子。人們尾隨着艾爾姆大叔，十分激動地議論着這件從沒聽説過的事——艾爾姆大叔上教堂來了。

艾爾姆大叔敲開了牧師的房門。牧師像是早已預料到艾爾姆大叔會到他屋裏去似的，一點都不覺得驚奇。

「請牧師忘記先前我在艾爾姆山上對你說的話。今年冬天，我一定回到多弗里村來安家，別人瞧不起我不要緊，只要牧師歡迎我就行。山上的氣候太嚴峻了，對這小女孩不利。」

「鄰居，你的到來真叫我高興。」牧師緊握住艾爾姆大叔的手說，「你無須顧慮，我盼望在冬天能經常和你在一起，歡度晚上的時光，我覺得和你作伴是愉快的、有益的。」

牧師拉着海蒂的手，陪着她爺爺走出門時，一大羣的人都向他們擁過來，大家紛紛向艾爾姆大叔伸出了手，爺爺不知先握哪一隻。

「大叔，我很高興！我很高興！你又回到我們中間來了！」一個人高聲地說。

「我早就想再和你一起談談，大叔。」另一個人又說。

　　大叔不斷地回答着大家的問題，他向大家説，今年冬天，他打算再回多弗里村來住。

　　和大家道別後，爺爺和海蒂就上山去了。

　　「爺爺，你從來沒像今天這樣好看過！」

　　「你這樣認為嗎？」爺爺笑着説，「你看，我和大家和好了，我感到很幸福。」

　　來到彼得門前，爺爺立刻走了進去。

　　「你好，老奶奶。」爺爺大聲地説，「秋天，我得再來修修這屋子。」

　　「哎呀，是大叔啊！」奶奶驚喜地説，「我竟能活着看到這事！我要感謝你為我們所做的一切！」

　　「大叔，」老奶奶繼續説道，「千萬別讓海蒂再離開了，那會折磨我的，你不知道這孩子對我有多麼的好！」

　　「別擔心，老奶奶。」爺爺安慰説，「如果我再讓她離開，那不但是折磨你，也是折磨我自己呀！如果上帝樂意的話，我們將長久地在一起。」

　　這時，彼得媽媽把帽子的事告訴了爺爺。爺爺笑

着説：「要是她不想戴了，又把帽子給你了，那你就拿着吧！」

彼得媽媽拿着帽子高興得不得了。

彼得忽然間從外面跑了進來，手裏揚起一封信，大喊：「海蒂！信！」

海蒂打開信，大聲地讀起來。原來是克拉拉寫來的，説自從海蒂走後，她家裏非常沉悶，她不能再忍受下去了，她父親終於答應，今年秋天帶她到**拉加茲**[①]去旅行，她的奶奶也會和他們一起來艾爾姆山看望海蒂和她爺爺。

大家聽到這消息，都十分高興，一再談論着這件事，連爺爺也沒注意到天已漸晚了。

爺爺帶着海蒂開始上山了。山谷裏傳來了晚鐘平和的聲音，伴送這爺孫倆走上晚霞映照下的艾爾姆山。

[①]**拉加茲**：瑞士的城鎮。

十二、艾爾姆山上的來客

醫生的獨生女兒不幸逝世了，這一段時期他的心情很不好。而克拉拉在這個夏天裏病得很重，身體沒辦法應付阿爾卑斯山區寒冷的天氣。為了老朋友的健康，也為了讓克拉拉感到安慰，他決定說服醫生，到艾爾姆山上去一趟，代替克拉拉探望海蒂，順道散散心。

醫生終於答應了，他請羅梅當着克拉拉的面，把所有行李物品包紮好。羅梅這次是少有地合作，她為克拉拉準備了送給海蒂他們的禮物——一件有兜帽的厚厚的斗篷，為的是冬天裏海蒂去看老奶奶時，不用再裹大布袋；一條厚實的大圍巾是給老奶奶禦寒用的；一盒大蛋糕也是給老奶奶的，讓她換換口味，不用整天吃麵包卷；一條大香腸是給彼得一家的；一小袋煙

> **知識泉**
>
> 煙葉：煙葉就是煙草，是製造香煙的原料。含有尼古丁，具有麻醉作用，所以能給吸煙的人感官上的滿足，容易上癮。

　葉是給海蒂爺爺的。最後是各種神秘的小袋子、小盒子，這是克拉拉平常收集的，裏面裝着各種各樣的小禮物，海蒂見了一定會高興的。

　　巴斯把這些物品、行李捆好後扛到醫生家去了。

　　羣山在黎明中閃爍着紅光，晨風颳得杉樹林沙沙作響。這幾天，海蒂醒得特別早。彼得招呼她去放羊，她也不去了，因為客人這幾天就要到艾爾姆山上

來。海蒂每天都在忙碌着收拾房子，像是要迎接重大的節日。

「爺爺！爺爺！來，來！」

老人趕緊走出茅屋，他怕這個孩子出什麼事。只見海蒂正向山崖跑去，喊道：「他們來了！他們來了！醫生走在最前面！」

海蒂急忙走過去迎接她的老朋友。

「早安，海蒂！」醫生揮手向她致意。

「你好嗎，醫生？我要千萬次感謝你。因為你，我才能回到我爺爺家！」海蒂深情地説。

醫生快樂得容光煥發起來，他沒料到，在阿爾卑斯山上會受到這樣的歡迎，因為他跟海蒂的接觸不多，他以為海蒂早把他忘了。

「來，海蒂，」醫生和藹地拉着海蒂的手説，「帶我到你爺爺那兒去！」

「克拉拉和奶奶她們呢？」海蒂站在原地問。

「克拉拉病得很重，所以奶奶也沒來了，但在春天，他們肯定會來的。」醫生説。

海蒂十分失望，但當她看到醫生的眼神帶着憂傷時，便反過來安慰説：「是的，春天不久就會再來到這裏，那時，她們也一定會來的。」説着，便拉着醫生的手，朝山上的茅屋走去。

爺爺早就從海蒂口中聽到了許多關於醫生的事，所以，見了面就像久別的老朋友那樣熱烈地交談起來了。

爺爺勸醫生從車站旅館那邊搬到多弗里村來，這樣就可以天天上艾爾姆山來呼吸新鮮空氣，飽覽阿爾卑斯山區的風光。只要在這兒住上一段時間，身體和心情都會好起來的。爺爺還主動提出，如果醫生願意，他可以帶醫生到山上的各個地方去轉轉。

中午，醫生被留在了茅屋裏用午餐。海蒂快樂得像隻小羊，奔來跑去地張羅着飯菜。鮮美的羊奶、金黃閃亮的烤芝士，還有紅潤的風乾肉片，醫生美美地吃了一頓。他説，自從女兒去世後，他已經整整一年沒吃過這麼美味的午飯了。他還説，一定要讓克拉拉到這兒來，在這兒，克拉拉的身體一定會好起來的。

正説着，只見一個人揹着一個大袋子上山來了。在茅屋前，他把袋子扔在了地上，然後深深地吸了一口山上的新鮮空氣。

「哦，這是我從法蘭克福帶來的，」醫生説着便拉着身後的海蒂去解開袋子。

「啊，蛋糕！給奶奶的；爺爺，您的煙葉……」海蒂不停地歡呼着。

下午，醫生要到多弗里村去找住處。爺爺帶上蛋糕、香腸和圍巾，讓海蒂牽着醫生的手一塊兒下山去了。

到達彼得的茅屋前，醫生和海蒂道別了。

「明天早上，你願意同羊羣一道上牧場嗎？」海蒂問道。

「去！一定去！」醫生邊向海蒂揮手邊説。

爺爺陪醫生到多弗里村找住處去了。海蒂抱着大堆禮物走進了奶奶家。

「奶奶快看，克拉拉送給你的禮物！」海蒂興奮地説。

　　奶奶用手不停地摸着那個蛋糕盒，摸着那條厚圍巾，説：「他們真是些好人啊！這厚圍巾在冬天裏太有用了，我做夢也沒想到這輩子會有這麼好的東西啊！」

　　彼得媽媽摸摸桌上的大香腸，被眼前的一切驚呆了，她有生以來還是頭一次看到這麼大的香腸！

　　這時，彼得跌跌撞撞地走了進來。「艾爾姆大叔跟在我後面來了，海蒂要……」彼得説不下去了，他被桌上放着的大香腸驚呆了。

　　海蒂急忙向大家告辭，跟爺爺一道回家去了。

　　第二天清晨，爺爺和海蒂陪醫生，漫遊了艾爾姆山一帶的山山嶺嶺，盡情地欣賞了山間秋色。一周後，醫生就回法蘭克福去了。

十三、克拉拉來了

　　爺爺遵守他的諾言，剛下第一場雪，就關閉了茅屋和羊圈，帶着海蒂和兩隻羊，一起下山到多弗里村去了。他們在教堂和牧師家附近的一所老房子裏住下了。

　　這房子原本很破舊，經爺爺一整個秋天的修理，現在已經像個樣子了。在火爐後面，爺爺用四個大蘋果木箱砌出了一張小牀，這是海蒂的牀。這個位置，也是整所房子最暖和的地方。爺爺則睡在一個四面透風的小房間裏。海蒂不明白，為什麼那些牆縫全釘上了木板，還是會漏風！

　　海蒂上學了，她進步得很快。彼得本來是不愛上學的，在海蒂的幫助下，也愛上朗誦了。海蒂還把克拉拉的一本書轉贈給彼得，要他每晚都給奶奶和媽媽唸兩段，奶奶和媽媽都一面聽一面微笑呢！

冬天過去了，五月的山上又是一片蔥綠，爺爺又帶着海蒂搬回山上去。明媚的春光喚醒了首批的小野花，它們從新綠的小草中鑽出頭來，用熠熠的眼睛窺探美景，窺探着山上那小屋，窺探着海蒂，海蒂快樂得像一隻小鳥。

一天早晨，海蒂站在茅屋面前，向遠處望去，忽然叫起來：「爺爺，快來，快來！」

爺爺走到她身旁，只見山下來了一個小行列，前面是兩個抬着小轎子的男人，小轎子上面坐着一個披着許多圍巾的小姑娘，隨後是一個騎馬的老太太。後面還有推着輪椅和拿着大批行李的僕人。

「克拉拉來了！她們真的來了！」海蒂高興得跳了起來。

海蒂和爺爺熱情地迎上前去。

「我親愛的大叔，你這裏的環境有多美啊！連國王都要羨慕你！難怪海蒂長得像一朵六月的玫瑰！」奶奶說。

克拉拉被四周的風光迷住了，她長這麼大還沒見

過這麼美麗的地方呢！她不住口地讚歎道：「這兒真漂亮！這兒真漂亮！」

爺爺把克拉拉抱到了輪椅上，還用披巾蓋住了克拉拉的膝蓋、包上了雙腳。

「親愛的大叔，很多護士都要向你學這一手，你那麼會照顧殘疾人！」奶奶感激地説。「你是在哪裏學的？」

大叔**莞爾**①一笑，説：「我這是來自經驗，學習倒不多。」

誰也沒有察覺出大叔臉上掠過的那一絲憂傷。因為眼前的這個殘疾孩子，勾起了他對往日戰場上傷殘戰友的回憶。他最清楚，一個殘疾人，最需要什麼照顧。

「海蒂，要是我能和你一起到屋子周圍和杉樹下走走，那該多好呀！」克拉拉渴望地説。

海蒂用盡力氣地推着輪椅，讓克拉拉去看茅屋，

---

①**莞爾**：形容微笑的樣子。

看杉樹。克拉拉不停地發出陣陣讚歎：「啊，這杉樹要掃到藍天上去了！」「啊，所有的風鈴花都在點頭！」「啊，小樹叢上的紅花多漂亮！」

海蒂立即跑過去，給克拉拉摘來一大束鮮花。

「這算不了什麼，要是你和我們到了牧場，你一定會看到更多花的。」海蒂自豪地說，「那兒有紅色的矢車菊，黃色的野玫瑰，藍色的龍膽花，圓腦袋的褐色花，你到了那裏就不願離開了。」

「奶奶，我可以上那兒去嗎？」克拉拉急切地問道。

「我會推你去的。」海蒂安慰説。

這邊，爺爺已將豐盛的午餐準備好了。

「這個餐室太美了！」奶奶讚歎道，「坐在這裏可以邊吃飯邊俯覽谷地，眺望羣山！」

克拉拉的胃口從來沒有這麼好過，她把第二塊閃着金光的芝士放在麵包片上，大口地吃着。

涼爽的山風輕輕地吹拂着客人們的面頰，杉樹林在愉快地沙沙作響，好像在為這個盛宴演奏着音樂。

吃完飯，奶奶仔細地觀察着這座茅屋裏的東西。

「你的牀一定在那上邊吧，海蒂？」説着奶奶便爬上了那把小木梯。

「草好香啊，真是個有益於健康的卧室！」

爺爺抱着克拉拉也跟上來了。

「海蒂，你這地方好極啦！可以從牀上直接望見天空，可以嗅到周圍美妙的草香，可以聽到外邊杉樹的呼嘯聲。啊，我從沒看過這樣舒服的、叫人愉快的

臥室！」克拉拉興奮地說。

這時，大叔觀察着奶奶的臉色。

「我有一個主意。」他說，「要是奶奶相信我，就試驗一下我的計劃：把這個女孩子留在山上住一段日子，她身體會越來越強壯的。」

「親愛的大叔，你真是一個神奇的人！」奶奶高興地說，「你怎麼知道我剛才想的心事？但我不能一直留在這裏，把這個需要人照料的孩子留下來，太麻煩你啦！」

「沒關係，你們已經帶來了足夠禦寒的衣物，在這兒住一段時間是完全沒問題的。」爺爺說着，抱起客人帶來的披巾和皮草，爬到小木閣去給克拉拉鋪牀了。奶奶也幫着一塊兒鋪。

這時，兩個女孩子在大聲歡呼着。這個決定，對她們來說，實在是太美好了。

跟着爺爺就牽着奶奶騎的馬，向山下走去了。

天黑後，克拉拉和海蒂各自躺在了小木閣的草牀上，說着悄悄話。

「海蒂，星星天天都這樣向我們眨眼睛嗎？」

「只要天晴，星星都向我們眨眼睛。」

對於這滿天星斗，克拉拉總看不夠，也總問不完。因為，在這之前，她幾乎沒見過天上的星星，每天晚上，在星星出來之前，僕人們便早把窗簾拉上了。

太陽從山後升起來了，新的一天又開始了。爺爺爬到木閣上，親切地問道：「昨晚睡得好嗎？」克拉拉說，睡着後一直沒有醒過。爺爺聽了很高興，他開始細心地幫助克拉拉梳洗整理。

海蒂睜開眼睛，看見爺爺已經給克拉拉梳好頭了，正要把她抱到地上去。

晨風吹拂着女孩們的臉，送來了陣陣芳香。克拉拉深深地呼吸着。她有生以來，還沒有在戶外呼吸過早晨的新鮮空氣呢！每次呼吸都使她感到很暢快。山上的陽光明亮、和煦，一點也不覺得太熱，照耀在她的身上，是那麼的可愛，那麼的溫暖。

「海蒂，我要能永遠和你呆在這裏，該有多好

啊！」

「孩子們，喝羊奶啦！」爺爺端來兩碗新鮮的羊奶，「這是從小天鵝身上擠來的奶，喝了會恢復健康，會強壯起來的！喝吧！」

克拉拉學着海蒂的樣子，仰起脖子，一口氣喝了下去。

這一天，孩子們計劃做很多事。她們要給奶奶寫信，告訴她克拉拉在山上的生活情況。還要上牧場。

吃飯時，克拉拉特別開心，她說，以前吃飯時，喉嚨處總覺得有東西堵住，咽不下去。可到山上來後，吃什麼都香，也吃得多。爺爺聽了，心裏也特別高興。

幾天以後，兩個強壯的搬運工上山來了，他們各自背了一張牀，牀上都用乾淨的白被單蓋着。

這兩個人還帶來奶奶的一封信，信上說這兩張牀是給克拉拉和海蒂的，還說到冬天，再送一張同樣的牀到多弗里村去，這樣，海蒂在兩個地方都有牀睡覺了。奶奶誇獎孩子們信寫得好，寫得長，並說希望每

天都收到她們的一封信。這樣，就能天天「和孩子們在一起了」。

爺爺和兩個搬運工人一起，把牀安置在小木閣上，撤掉了兩個草鋪，把兩張新牀拼在一起，這樣，孩子們夜裏説話就更方便了。

爺爺每天都想方法給克拉拉改變膳食，增強體質，讓海蒂推她到山上牧場去呼吸新鮮空氣，鍛煉身體。爺爺常鼓勵克拉拉：「試一下在地上站一會兒。」但每次，克拉拉總説：「哎喲，真痛！」爺爺還是堅持讓克拉拉每天都練習站立。

◌ 十四、奇跡 ◌

　　一天清晨，爺爺把輪椅推出工作間，放在茅屋前，準備讓孩子們上牧場去。

　　這時，彼得趕着羊羣上山來了。他早就恨死了這輛輪椅，因為這個夏天，海蒂幾乎都是圍着這張輪椅轉，沒和他在一起。此時，正好四下無人，他一個箭步衝上前去，使勁把輪椅一下子推下山去。輪椅架散了，各種零件在山坡上翻飛着，摔打着。彼得在一旁得意忘形地哈哈大笑。

　　聽見聲音，海蒂快步走出茅屋，爺爺抱着克拉拉也出來了。

　　「海蒂，你怎麼推開了輪椅？」爺爺問。

　　「沒有，我出門時，這兒沒有輪椅。」海蒂答道，「是風颳跑的吧？我到山下把它撿回來。」

　　「要是颳到山下去，早成碎片了！」爺爺邊說邊

到茅屋四周去尋找。

「真是怪事！」

「糟糕，我們不能上牧場去了！」克拉拉傷心地說。

「爺爺，你一定會想出辦法來的！」海蒂信任地看着爺爺說。

「我們還按原計劃，到牧場去！」爺爺堅定地說。

早飯後，爺爺抱着克拉拉，海蒂牽着兩隻羊，向山上的牧場走去。

彼得正躺在草地上瞌睡，羊羣在低頭吃草。

「彼得，你看見輪椅了嗎？」爺爺遠遠地問道。

「什麼？」彼得生氣地回答。

爺爺吩咐海蒂看顧好克拉拉，然後下山回去找輪椅了。

安頓好克拉拉後，海蒂要去摘花了，她讓克拉拉獨自在草地上坐一會兒。小白羊把草葉扔到克拉拉的膝上，克拉拉很高興地和這隻小白羊玩。

忽然，一個強烈的念頭湧上了她的心頭，要自己照料自己，並能幫助別人，而不能總是逼不得已地接受別人的幫助。

海蒂摘回來一大把鮮花，就像捧回來一杯杯的高級香水。

「在哪兒摘的？」

「在山那邊？你想去嗎？我可以帶你去。」

「不！不！海蒂，你年紀比我小，卻什麼事情都幫着我做。要是我能自己走着去摘花，那該多好啊！」

海蒂想請彼得下來，幫着把克拉拉抱到前面那片長滿鮮花的草地上。彼得不答應。

「你再不幫忙，我就要告訴我爺爺！」海蒂怒吼道。

彼得以為海蒂知道了他毀掉輪椅的事，要是讓爺爺知道了，他肯定不會好過的。於是，他不得不來到海蒂身旁。

「來，我們一人架她的一隻手臂，把克拉拉架到

那片草地去。」海蒂命令道。

海蒂和彼得真的架起了克拉拉，克拉拉也試着用雙腳支撐身體，學着邁出一步、兩步、三步！

「海蒂！我的腳真的不那麼痛啦！」

「勇敢點，用你的腳走路！」海蒂鼓勵着說，「我來數一二三！」

克拉拉真的這樣做了，一步、兩步、三步！突然，她大聲喊道：「我能，海蒂！啊，我能！看！看！我能走路了，一步跟着一步走了！」

海蒂更大聲地歡呼起來：「你真的能自己走路了！你能自己走了！」

克拉拉靠着他們倆，每走一步都增強一份信心。

「從今以後，你就可以像我們一樣走路了！再也不用坐在輪椅上讓人推了！」海蒂繼續歡呼着。

三個孩子就這樣回到了原先坐的那片草地，擺開了他們的午餐。海蒂把最大的一份麵包和芝士分給了彼得。原來，剛才她聲明要告訴爺爺的，竟是午餐時不分芝士給彼得這點兒事。這一頓當然也是克拉拉和

海蒂最美的一頓午餐了。

　　因為吃午飯，孩子們回去得較晚。他們剛走了一會兒，就遇到爺爺上山來接他們了。

　　「爺爺，克拉拉會自己走路了！你看！」海蒂高聲報喜道。

　　「啊！克拉拉！你勝利了！你會自己走路了！」爺爺激動地回應説。

　　爺爺很快就走到克拉拉身邊。他用左手摟着她，右手支撐着她的手，這樣，克拉拉走起來就更加穩當了。走過一段距離後，爺爺便把克拉拉抱起來了。爺爺説，任何事都不要做過了頭，現在該回家了，克拉拉需要休息了。

　　第二天早晨，爺爺建議女孩們給克拉拉的奶奶寫信，問奶奶是否上艾爾姆山來，看看最近發生的事。但她們想給奶奶一個驚喜，所以只是請奶奶一星期後前來，對其他的事隻字不提。

　　自從那天在草地上邁出第一步後，克拉拉在艾爾姆山上過得更愉快了。每天早晨醒來，總是高興地

説：「我好了！我好了！我再也不用坐在輪椅裏了，我可以自己走路了！」

接着，她就走起來了，她一天一天地走得更輕快、更穩當了，並且能走更長的一段路了。

克拉拉的奶奶要上山來了。一大早，爺爺和孩子們就在茅屋前等候。爺爺還特意摘了一大束龍膽花，這種花在晨光中顯得格外的美麗。海蒂站在凳子上向山下望去。她第一個看到了奶奶他們。

奶奶遠遠的就跟孩子們打起招呼來了：「我看見了誰呀？是小克拉拉？你竟沒有坐在輪椅裏！怎麼會有這樣的事？」

「啊！小克拉拉，真的是你？你的臉變紅變胖了，像紅蘋果似的！孩子！我簡直認不出你來了！」奶奶激動地向克拉拉走來。

克拉拉搭着海蒂的肩膀，平平穩穩地迎着奶奶走過去。

這時，奶奶加快了腳步，向孩子們衝了過來，大聲地笑着、喊着，她擁抱了克拉拉，又擁抱海蒂，高

興得説不出話來。

　　突然，她看見了大叔。他正站在長凳旁，望着她們二人，滿意地笑着。於是，奶奶拉過克拉拉的手，一直走到長凳前，她鬆開了克拉拉的手，緊緊地握住了大叔的雙手。

　　「我親愛的大叔！我們全家都要感謝你！這是你的功勞！這是你照顧和護理的⋯⋯」

　　「你還要感謝上帝的陽光和山上的空氣呢！」爺爺打斷了她的話笑着説。

　　「還有小天鵝美味可口的奶。」克拉拉補充説。

　　「我得立即發電報到巴黎給你爸爸，讓他立即來。我也不告訴他來的原因。這會是他一生中最高興的事！」

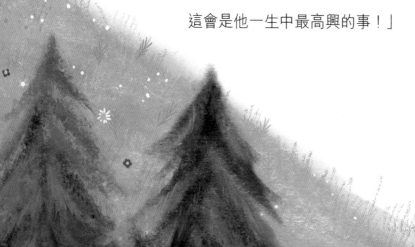

其實，塞萬先生在巴黎辦完事務，也在準備一件令人驚奇的事——他要出人意料地來到女兒身邊。就在奶奶上山的那天中午，塞萬先生也上山來了。

在茅屋前，當克拉拉向他走來時，塞萬簡直不敢相信自己的眼睛。

「我不是在做夢吧？」他高聲說。

「爸爸，您不認得我了？」克拉拉神氣地說。

塞萬激動萬分地向爺爺走去。

「我親愛的朋友，太感謝你了！以前，我看到這個可憐的孩子，不能用我所有的錢來治好她的病，心裏就難過，我想錢財對我還有什麼用呢？你幾乎和上帝一樣好，竟為我治好了這個孩子的病，並且給了我們新生。請你說說我該怎樣感謝你。我永遠也報答不完你為我所做的一切。不過，我所有的一切都可由你支配。請告訴我，應該怎麼辦。」

大叔靜靜地聽着，以滿意的微笑瞧着克拉拉的父親。

「塞萬先生，克拉拉在我這裏養身體期間，我也

分享了一份極大的快樂，我的工作已經得到了很好的酬勞。」大叔堅定地説，「我謝謝你善意的幫助，我什麼東西也不需要，只要我活着，就有能耐養活海蒂和我自己。不過我倒有一個希望，如能得到同意，我有生之年就再沒有擔心的事了。」

「説吧，説吧，我親愛的朋友！」

「我老了。」大叔繼續説，「我的日子不多啦，我身後不能給海蒂留下什麼東西，她又沒有親屬。要是你能向我保證，海蒂一生不用到陌生人中去謀生，那就是給了我最珍貴的報答了。」

「這還用説嗎？」塞萬接着説，「這孩子就是我們的了。我母親和女兒都在，只要我活着，我就一定會照顧好她的。我可以保證，在任何情況下，都不會讓這孩子到外地謀生的。」

「上帝會贊成這事的。」站在一旁的奶奶補充説。「海蒂，你同意我們剛才説的事嗎？」

「是的。但我還有一個願望。」海蒂説，「我想要我在法蘭克福的那張牀和三個厚枕頭，有了這些，

彼得奶奶在冬天裏就可以睡個好覺了。」

「啊，好孩子！無論什麼時候，你都是總想着別人。行呀，過幾天你就可以把我們寄來的牀送給老奶奶了。」奶奶高興地説。

「爺爺，我要到奶奶家去一趟，把這個好消息告訴她！」海蒂急不及待地説。

「依我看，那位老奶奶是位長久受苦的人。讓我們都隨海蒂去看看她老人家吧！」奶奶説。

這時，塞萬先生請他母親別心急，先聽聽自己的計劃。他早就想帶上母親和克拉拉到瑞士去作一次小小的旅行，現在克拉拉康復了，可以成行了。今晚他們先在多弗里過一夜，明早他上山來接克拉拉，然後三人一起到拉加茲，開始他們的瑞士之旅。

塞萬和奶奶説完話後，海蒂便領着他們，下山到彼得奶奶家去了。

第二天早晨，克拉拉淌下了熱淚，因為過一會兒，爸爸就要接她離開美麗的艾爾姆山了！

「夏天很快又會再來的，到時你就再回來，我們

又能每天跟着羊羣上牧場，在草地上看花！」海蒂安慰着説。

克拉拉擦乾了眼淚，跟爸爸下山去了。

海蒂站在山坡上，向克拉拉揮手，直至他們消失在山谷遠處。

1. 海蒂的性格是怎樣的？山區的生活對海蒂的性格有什麼影響？

2. 你喜歡海蒂嗎？為什麼？

3. 為什麼海蒂在有錢人家裡生活，仍然希望回到山上去呢？

4. 如果你是海蒂，你會選擇回鄉村生活嗎？為什麼？

5. 想想看，是什麼因素讓艾爾姆大叔由孤僻古怪變得和善可親呢？

6. 克拉拉生於富裕之家，卻苦悶難耐；海蒂在資源貧窮的山上成長，卻過得快活。如果你可以選擇，你希望過哪一種人生？

阿爾卑斯山脈的著名山峯

白朗峯（Mont Blanc）

位於法國和意大利的交界處，名字有「白色山峯」之意。海拔4,810米，是阿爾卑斯山的最高峯，也是西歐與歐盟境內的最高峯。

馬特洪峯（Matterhorn）

位於瑞士和意大利的邊境。它的名稱是由德語「Matte（山谷、草地）」和「horn（角）」組成，這名稱突顯了它三角錐的外形，這獨特的外形令它成為阿爾卑斯山脈中最著名的山峯之一。

少女峯（Jungfrau）

位於瑞士境內。1912年，花了16年時間興建的少女峯鐵路正式通車，海拔3,454米的少女峯車站是歐洲最高的火車站，所以擁有「歐洲之巔（Top of Europe）」美譽。

約翰娜‧斯佩麗
(Johanna Spyri)(1827-1901)

　　約翰娜‧斯佩麗1827年出生於瑞士蘇黎世，父親是醫生，母親是詩人，斯佩麗自小接受良好家庭教育。成年後，斯佩麗與一位律師結婚，定居於蘇黎世。這個以湖光山色聞名於世的城市，秀麗的景色孕育了斯佩麗的童心，為她的兒童文學創作打下基礎。

　　1881年斯佩麗出版「海蒂」。這原是一部十六卷的故事集，「海蒂」是其中一個可以獨立成篇的故事。這十六卷故事原以德文寫成，出版後轉譯為多種文字，在世界各地發行，成為青少年讀者的恩物，斯佩麗因而一舉成名了。

　　斯佩麗備受瑞士人的欽敬，她的肖相被印在1951年發行的郵票上，以及鑄在2009年發行的20瑞士法郎紀念幣上。

新雅 • 名著館

海蒂

原　　著：約翰娜·斯佩麗〔瑞士〕
撮　　寫：盧潔峰
繪　　圖：SAYATOO
策　　劃：甄艷慈
責任編輯：周詩韵
美術設計：何宙樺
出　　版：新雅文化事業有限公司
　　　　　香港英皇道 499 號北角工業大廈 18 樓
　　　　　電話：(852) 2138 7998
　　　　　傳真：(852) 2597 4003
　　　　　網址：http://www.sunya.com.hk
　　　　　電郵：marketing@sunya.com.hk
發　　行：香港聯合書刊物流有限公司
　　　　　香港新界大埔汀麗路 36 號中華商務印刷大廈 3 字樓
　　　　　電話：(852) 2150 2100
　　　　　傳真：(852) 2407 3062
　　　　　電郵：info@suplogistics.com.hk
印　　刷：中華商務彩色印刷有限公司
　　　　　香港新界大埔汀麗路 36 號
版　　次：二〇一七年四月二版

ISBN: 978-962-08-6765-1
18/F, North Point Industrial Building, 499 King's Road, Hong Kong
Published and printed in Hong Kong